# 稿匠生涯原是夢

許定銘　著

本創文學 82

# 稿匠生涯原是夢

作　　者：許定銘
責任編輯：黎漢傑
設計排版：陳先英
法律顧問：陳煦堂 律師

出　　版：初文出版社有限公司
　　　　　電郵：manuscriptpublish@gmail.com

印　　刷：陽光印刷製本廠

發　　行：香港聯合書刊物流有限公司
　　　　　香港新界荃灣德士古道220-248號
　　　　　荃灣工業中心16樓
　　　　　電話：(852) 2150-2100　傳真：(852) 2407-3062

臺灣總經銷：貿騰發賣股份有限公司
　　　　　電話：886-2-82275988　傳真：886-2-82275989
　　　　　網址：www.namode.com

版　　次：2023年6月初版
國際書號：978-988-76892-5-6
定　　價：港幣88元　新臺幣320元

Published and printed in Hong Kong

# 目　錄

# 序：稿匠生涯原是夢

　　工作的壓力，莫大於要做一些不懂的，或沒有興趣的事情。如果面臨的工作，只是自己不懂，而仍有興趣的話，還可以慢慢的學；若果既沒有興趣，又應付不來那就苦不堪言了。

　　三個月前，一間出版社約寫三十萬字有關香港社會的文字，內容包括社會經濟、結構、地理和歷史方面的，對象是一般讀者，無需太過深入。對於這方面的知識，午言可以說是貧乏得很，讀書的時候沒有 EPA，平日讀報，除了一般重要的新聞以外，看的只有副刊和文學版。剪存的報刊雜誌資料，全是現代文學的。書是滿屋堆得一疊疊的，然而，全沒有這方面的參考書。如此看來，這部書可以說是離我本行甚遠。不過，因為有兩個月假期，

而且稿酬也不薄，於是我「為五斗米折腰」，膽粗粗把工作接了下來。

當時答應這個工作，我是很有把握在兩個月內完成的。兩個月寫三十萬字，平均每日是五千字，慢慢寫，每千字約一小時，因此，每天只需五小時工作。以我平日工作十五小時，每年工作三百六十二日的耐力去比，這實在是小兒科。而且，這五千字不是雜文，無需找題材，只要跟着資料去做，應該是很輕可的工作。

當然，我也曾考慮過這個工作，我幾乎是完全外行的，不過，我很有自信心，午言已不是第一次「空槍上陣」，譬如以前我教小說，突然來了戲劇課，雖然累得我很慘，但跑了十多次圖書館，不是把課程弄得很妥當嗎？此外，半途出家的去教歷史，研究科幻、民俗，我都試過「臨陣才搶到槍」的經驗，而且培養了我多方面的興趣。因此，我接這份工作的另一個目的是：考驗自己。

不過，我沒有考慮到的一點是，我以前「臨渴掘井」的種種，都是和文學有關係的，很容易就找到線路。而且，它們很有點旁的關係去觸摸。今次可不同了，一開始，就觸了礁。我到慣常的圖書館去，挖了一整天，出來時頭昏腦脹，卻是連一點東西也找不到。這才着了慌，巴巴的找朋友求救。

　　幸好找到了一個在中學教經濟的朋友，得着了名師指點，找來了一大批經濟年報啦、香港年鑑啦……之類的書籍。最實用的還是一份由基督教團體編印的EPA資料，每期一個專題，十六開四頁，內容豐富之極。此外，他還指導我到各區的政務處去讀「區報」，到新聞處圖書館找原始資料，到各種機構借閱年刊等等，都是我從來未接觸過的。見一事，長一智，午言的視野因此得到擴大許多。

　　花了半個月的時間去搜集資料，才正式執筆開工，卻又發現了另一個問題：因

為花了時間去找資料，加上其他的意外應酬，使我實際可工作的時間減少了很多，如果依進度，每天必要寫八千字，可是一坐下來，只寫得三兩天，到第四天就完全無法支持。原來就算每天寫一萬字，一兩天是沒有問題的，卻是無法持久，幾天以後，必要休息一兩天。這就是業餘作者和職業作家的分別了。

休息的那一兩天，手沒有寫，腦子卻不閒着，整天還是讓那些東西塞着，可以說是寢食不安。寫着、想着、拖着、寫着……，兩個月過去了，我無法交稿。幸好出版社預多了時間，沒迫死我。終於到了兩個月後的再二十日，我完成了。對著那凡兩吋厚的六百多張稿紙發呆了一整天。

雖然辛苦了三個月，連看書、連休息的時間都沒有，我還是覺得物有所值，因為我知得更多了。

1983-10-6

# 帶書去賭

　　H君是個有藏書癖的文人，亦愛博彩，每有假期，常到澳門賭場搏殺。大概經常與書為伍，所以十賭九輸。一次，剛上岸，即搭的士往葡京，連輸幾口，甚為無趣，只好到市內逛逛，轉轉運。

　　途經一舊書店，入去隨意翻翻，不料竟然買到十本八本絕版書，歡喜若狂，認為頗有彩數，於是折返賭場再賭。賭場規例，包裹手抽不得隨身攜帶，便拿到衣帽間去。

衣帽間之小姐見手抽，問：「乜嘜㗎？」

「書」與「輸」同音，唔利是，Ｈ君人急智生，乃大聲答「贏！」小姐莫名其妙，揭開一看，恍然大悟收下。

是次Ｈ君果然大有斬獲，滿載而歸。以後Ｈ君每次去賭場之前，必先往市內書店一轉，買了書，再往賭場，居然次次都靈，或多或少，必有所獲。於是「帶書去賭」必贏之説，流傳於朋友之間，讀者信乎？筆者就未試過。

**1982-2-6**

# 通宵書店

　　農曆年初的幾天，是政府的法定假期，市面上的店舖，十間有九間是休業的，連人丁興旺的酒樓，也有七成以上是沒營業的，只有戲院是間間擠滿了人，鬧哄哄的洋溢着新年的氣氛。

　　大年初一，過灣仔某書店，見燈光火着，便上去逛逛，居然也人山人海，一遍大好的讀書風氣。最令我感到意外的是門前貼了張紅紙，説由除夕至大年初二，連續五十六小時開門營業。

通宵營集的書店，可謂開風氣之先。以往，香港通宵營業的行業、只有酒吧和聯誼會之類的地方。後來，有了二十四小時開門的超級市場，現在居然有了書店，雖然只是兩個晚上。還有一個可喜的現象是愈來愈多書店全年營業三百六十五天了，不喜愛熱鬧，而特別愛靜的讀書人，如今不論是星期天、聖誕節，或是新舊曆年，都可以到這些永不休息的書店去買書了。

**1982-2-9**

# 執笠書局

　　書店通常都是間格得整整齊齊的：書架在店舖的兩面，排滿密麻麻的書，讀者可以從容的走在通道上，慢慢的看書、選書。但有一間書局例外，如果你經過旺角的上海街，你一定見過那間怪書局。在一幢舊樓的樓下，沒有書架，只有：書！書！書！全間舖子滿堆了書，一紮一紮的書，小山似的堆在那裡，由舖裡塞到舖面，由地面堆到樓底。

老闆坐在門前的椅上打呵欠，顧客在書堆裡揀到書，就跟他議價。書店沒有招牌，只有「書局執笠」四個大字，但這個「執笠」已「執」了二十多年還沒完。

二十年前，何老大的這個書店開在青山道，十多年前在蕪湖街，已掛上了這「書局執笠」的招牌。二十年來，書店開了又關，關了又開的已不知多少，只有何老大的這間「書局執笠」恍似長春樹一般屹立不倒。

房子快拆了，下次不知他又搬到哪裡？

**1982-2-12**

# 不賣書的書展

　　一般的「書展」除了展覽書籍外還兼賣書，如香港出版界同業每年在大會堂舉行的書展，香港大學和中文大學校內的書展，都屬於這種性質。這種書展都是人山人海，大家搶着購書的。

　　但最近我卻參觀了兩個只供展覽，而不設賣書的書展，就是由三聯書店舉辦的「人民文學出版社三十年展」和商務的「商務八十五年展」。

「人民社」的三十年展設在三聯書店的四樓展覽廳，展出了「人民社」三十年來所出版的文學作品。這些早已絕了版的書籍，價值不菲，很多還是由國內運來展出的。由於我對新文學的偏愛，那幾百呎的展覽廳，足足流連了個把小時。除了展出文學作品外，還在牆上掛了十多幅作家的生活照片，在作家的照片下還附加了生平介紹。這些照片也是難得一見的，如果將它們印成月曆，我第一個排隊登記買三份自存。

　　商務成立八十五週年的書展，在商務的郵票中心三樓舉行。展覽的會場和「人民社」那次的差不多大小，設計也很相似，在會場中用幾張枱放好了書，三面牆

上掛上十餘幀圖片。

「商務」以出版實用書較多，集中在字典、辭典和語言學習上。雖然它不像「人民社」那樣專出文學作品，但也出版過不少文學性的雜誌，如《小說月報》、《東方雜誌》等。本來《文學雜誌》也是商務出版的，卻不見展出。牆上的圖片，則着重於介紹「商務」的發展歷史。

對於不識貨的人來説，這兩個書展是毫無意義的，但對於識貨的人來説，真是意義重大。一個很有地位的學者看完了「人民社」的書展，私下告訴我「他幾乎想偷書了」。很可惜，這兩個書展都沒有什麼參觀者。

**1982-3-6**

9

# 藏錢的地方

　　香港的治安愈來愈差，很多人出外，都把隨身的錢放得很秘密。有人將錢放在鞋內，用腳踩着。有人放在襪管裡；有人放在褲頭的「錶袋」裡；還有人故意在褲頭的左面多造了個特別巨型的「錶袋」。如果是攜帶大量現款的，則是更多花樣：有用袋放好，再在外面加上一份報紙，作整疊報紙狀的；有買一袋麵包，而把錢放在麵包袋內的……總之是辦法多多。

不過，最有趣的莫如我所遇過的那個老伯了。那時候我在開書店，一次來了個六十開外的老人，抽了幾本書到櫃枱去付帳。我那位收銀小姐算好了價錢告訴他；老人突然對着她拉開褲鍊，嚇得她掉轉了面，我正想喝問他幹什麼，只見他伸手進去掏了好一會，竟掏出一疊「紅底」來。啊，他的錢竟藏在底褲裡！

**1982-3-23**

11

# 偷書賊

　　偷書的「雅賊」不外兩類：一是買不起的窮書生，一是偷書來賣的職業偷書賊。對於前者，很多時我都是給他們機會的勸退就是，因為我也曾試過見到好書而掏不出錢來的感受；但對於後者，我則是深惡痛絕。辦「文藝書店」的其實多是有心的窮文化人，在這些窮文化人的店裡偷書，簡直是在「乞兒缽裡搶飯食」。

想不到還有另一種偷書賊：有一個中年「紳士」最愛在書店裡偷書。我説他「紳士」，因為他每次來均是「西裝全套、口含雪茄」的。一次我親眼見他從書架上取了一本書，又從口袋裡掏出筆來簽了名，昂昂然的帶了走。

　　我一個箭步上前抓着他，幾乎想飽以老拳，幸好老妻拉着我。結果和他理論一番，又有旁的顧客作證，那傢伙才掏出錢來。這不是偷書，簡直是「搶」。

　　這種人饒他不得！

**1982-4-8**

# 香港的讀書人是有福的

　　一位在香港大學工作的朋友，收到一封遲了四十年的，寄給許地山先生的信，這件事聽起來像個笑話，細想卻不禁為內地的某些知識分子感到悲哀。我曾經用這件事作話題，向一些對國內情況熟悉的朋友請教：是否國內知識分子的工具書很缺乏呢？

　　我覺得這封信實在來得很荒謬：就算四九年建國以後，封鎖了一切海外的消

息，最多不了解四九年以後的事吧？許地山是死於四二年的，何以他們仍不知道呢？

後來那些熟悉國內情況的朋友告訴我：國內的工具書其實真的很缺乏，一般的大學當然很齊備，就是一些有地位的學者，私人藏書也很豐富，但邊遠的地方，或者沒有地位的窮學生，就很難得到一些新的書看。

我們在香港，每週都見到不少國內的新書運到，但往往在國內是沒有得賣的，這就是套取外匯。在香港的讀書人是有福的。

**1982-7-6**

# 執垃圾三年

　　要看香港人有沒有公德心的一面，最好去看大廈的簷篷。以前我有一間二樓書店，書店後有一個用石棉瓦蓋的小地方，原本是天井，我們把它建成了小房間，我就在那兒辦公。

　　在那裡工作，要克服一個心理威脅，就是隨時要接受樓上住客擲東西下來，打在石棉瓦上的巨響。樓上的住客，全沒有公德心，有什麼不要的東西，都愛向窗外拋。因此，當你坐在那兒看書，寫稿，或

什麼的，突然一下巨響，直把你嚇得跳起來，還以為有炸彈爆炸哩！

有一次，居然掉下來一架壞了的收音機，不僅發生了巨響，還把石綿瓦都打穿了一個大洞，十多二十層高的大廈，有幾十個窗口，當然誰也不認是自己掉下去的，幸好午言剛好走開，不在房內，不然的話，早就去了報到。雖然逃過大限，但修葺簷篷的幾百塊是破定財了。

衛生督察臨走時安慰午言：「我們一定會注意樓上拋垃圾的住客，把他繩之於法的。」自後，我們的書店多了一項開支：請人掃屋頂。

最初請垃圾婆掃屋頂，每掃一次三十

元，一個月掃兩次。後來垃圾婆說垃圾太多，又臭得很，要加至五十元。再過了兩個月，垃圾婆見我斯文，睇死我唔會自己掃，又要加價。我一氣，不要她掃，將給她的那五十元津貼給伙計，叫伙計掃，伙計幹了三幾次，也向午言說情願不賺那五十塊，沒辦法，只好親自出馬了。

我先買了一對膠手套和口罩，又換上了水靴，從三樓的窗口爬到篷頂去。那臭味好難頂，我咬着牙，快刀斬亂麻的，落雨收柴咁手，拾得垃圾三橙盒，返回書店，幾乎作嘔。幸好我頗能適應環境，執多幾次，已漸適應。結果我執了三年垃圾，也未聽見捉到樓上拋垃圾的人。

**1982-8-24**

# 到二樓書店去

　　以前每次經過中環的大書店，見到它們人頭湧湧，尤其是大減價期間，更是擠得水洩不通，總覺得很奇怪。這些賣參考書的大書店，一般是實價的，就算是大減價期間，也只是八折。有很多同類型的二樓書店，賣的貨品和這些大書店的相同，而平日就已是照價八折出售，特價時是七折；如果你和店中人相熟，或者「幫襯」得多了，甚至平日也可以用七折買，但這些二樓書店往往都是很少人光顧，和那些賣實價的大書店無法相比。

這是什麼原因呢？最初我還以為是二樓書店不為人知，才少人到。直到我自己不開書店，要去買書了，才知道最大的原因是二樓書店的貨品多不齊備，有時甚至多跑幾間，還是無法買齊要買的書，難怪讀者們多往大書店鑽，因為香港人「時間緊要」，情願付足價，也不去光顧八折的書店。

　　還有一個因素是香港人受奸商騙得多，以為二樓書店的賣七折、八折，是一種花巧。很多行業的商人，為了爭取顧客，往往以低折頭作為號召，卻又暗中將價格提高，於是，折來折去，還是商家化算，你七折買的商品，可能比大公司裡足價的還要高。

這是香港一般奸商慣用的手法，因此，很多小心的讀者，都以為這些二樓書店，也在用這手法招徠，殊不知書籍與一般商品大有分別，書籍是明碼實價的，不容你隨意更改。

當然，一些害群之馬，刻意行騙，偷改書價，則是例外，不過，這種無良的書商是極少數的。二樓書店之所以八折，原因是它在二樓，要花人客上樓的時間和腳力，而且，因為二樓的租，遠較樓下為平，才可以打八折也能為「皮」，讀者們切勿因多心而失去買平書的機會。走多兩步，到二樓書店去。

如果你每個月買書，不過是用一百幾十，或者是幾個月才買那一兩百的，那

麼，七折八折得來的那三幾十，當然是濕濕碎了，犯不着為那麼少的數目而去跑二樓書店，甚至有時是要跑完一間又一間的。

但是，如果你每個月的買書費是五百元以上的，則那個折頭又相當可觀了，用折下來的錢，又可買他三二十本書了。當然，有很多人會反駁午言，以為我是在講笑話了，誰會每個月拿五百元出來買書？

在香港，除了教科書，肯買參考書的人已經很少，肯每個月買五百的，當然是鳳毛麟角的了。不過，還是有的，他們都是愛書似狂的人，每週上書店三五次，我算他每次三十，一個月也超出五百了。這種讀者當然只上二樓書店，以前我的店裡，這種讀者超過十個，我都計他們七折，他們都是愛書人，是真正的讀書人。

**1982-8-29**

# 不堪回首

　　二樓書店平日能將書賣八折，主要是來貨折扣較低，通常是六折至六五折，賣八折有一兩成賺率，在租平，皮費輕的情形下，勉可維持。這種生意與其他各行比，簡直不可以稱之為生意，所以甚少人肯幹，全港合起來也不足二十間。只有一些文化發燒友，在生活有着落以後，貢獻些少力量，一方面為推廣文化，當然另一方面亦希望利用餘暇，賺他些少，既可娛己娛人，又可對社會有微少的貢獻。

故此，十年來午言埋頭苦幹，從無怨言。那段日子我六點起床上班，一點下課，趕回書店，兩點開門營業，七點關門，回到家裡，已是八點左右，每日工作十四小時，從無間斷，十年來如一日，終至被業主收樓，迫至停業。回首十年來，用了人家（同行）搓麻將的時間去開書店，為文化賣命，得來了什麼？

　　兩手空空，唉！真個「不堪回首」。

**1982-9-1**

# 文壇上的英豪

因為黃煜芬的不幸，近日頗有些人提到李英豪。大都說他是個偉大的丈夫，歌頌他的愛妻之情：親自學習洗腎的方法啦；不厭其煩地照顧妻子、女兒啦；為了家人甘願放棄事業而作隱士啦……。但對於李英豪在五六十年代香港文壇的地位和貢獻，卻少有提到的。

在六十年代的香港文壇，英豪是一員響噹噹的巨將，他和朋友辦現代文學美術

協會，出版前衛刊物《好望角》，對六十年代的文藝青年們起了很大的領導作用。英豪專寫文學批評，尤其對現代詩有靈敏的觸角，詩評論甚多。

那時候，報章和雜誌上，經常都出現李英豪的名字。一九六六年，台灣的文星書店出版了他的文學評論集《批評的視覺》，其中的三分二都是論現代詩的。

在他們一輩的朋友中，李英豪是年輕的。他是四一年生的，在六十年代初期，他才不過二十歲多些，對外國文學有那麼廣博的認識，對現代詩有那麼卓越的眼光，在我們更年輕的一輩眼中，他實在了不起。一些嫉妒他的人，就說他的批評是從外文翻譯過來的，是抄襲的。其實，不管是翻譯的也好，抄襲的也好、對於李英豪，我們都很崇敬。

有一個時期，我們一班年輕的文友，都很盲目，很衝動。對創作，一味胡亂的創新，幾乎成了盲目的迷信，什麼都

講「現代」。那時候我們都是十來二十歲，正是初生之犢，不僅大膽創作，還大膽地出了本集體文集《戮象》，一個朋友給李英豪寄去了一本。想不到過了一個星期左右，他的書評就出來了，刊在《新生晚報》的「四方談」裡，給了我們當頭棒喝，把我們從盲目的創新中敲醒過來。

李英豪是讀教育學院的，畢業以後，曾經教過一陣子書，後來聽說是進了娛樂圈。到了七十年代，李英豪的名字似乎漸漸湮沒了，除了和一些文友懷舊的時候，已很少再聽到有人提起他。

直到今天，李英豪才又出現在報紙上，可是，出現的形式已非從前了。午言最喜歡將一些大家遺忘了而值得提的名字提出來，因為我覺得這樣做，對他們來說，才算得公平。請年輕的文友們記着：李英豪，我相信不久之後，他一定東山再起的。

因為李英豪，使我懷念起五六十年

代的一批青年作者們，譬如蘆荻，譬如朱韻成，譬如梓人、羊城、夕陽、紅葉、盧因……他們都到哪裡去了？移民了？封筆了？還是像金炳興般轉了業？還是崑南般用了另一些名字在活動？

**1982-10-10**

後記：這篇文稿刊出後，編輯劉以鬯先生問我，李英豪發生了麼事？我如實告訴他：李英豪喪偶了。

過了不久，劉先生即邀得李英豪復出，在《快報》寫專欄。他後來更把專欄的文章出版了博益版《給煜煜的信》，李英豪真的東山再起了。（2020年7月2日銘記）

# 一疊舊《周報》

我手上有一疊跟隨了我二十多年的舊《中國學生周報》，而這疊《周報》是更早年的一九五七年的。

五七年的時候，我不過是個讀小三至小四的小頑皮，當然不懂看《學生周報》，那是一個前輩文友送我的。大概是六二年吧，我開始涉足學生文壇，一個住在隔壁叫司徒道濟的大哥哥，因為全家移民，不便携帶太多書刊，臨走的時候，就送了這疊周報給我。薄薄的釘成兩冊，一

冊是《穗華》版的，而另一冊則是《讀書研究》版的。

　　《穗華》版的那冊，其中有一頁是「第八屆助學金徵文入選同學」的名冊和玉照，日期是一九五七年十月廿五日。在這次的入選人物中，有張曼儀（現今香港大學講師）、朱韻成（六十年代的小説名家）、李英豪（文學批評家）、區松柏（電台編劇）、吳玉音（作家）、關鼎錚（小學校長）、王天麗（娛樂圈紅人）……。報上刊登的，都是他們的學生照，如果叫他們今日再看那個模樣，應該很有趣。

　　入選的作者有四十人左右，我列舉

出來的，不過是我所知的一些成為社會上稍為知名或成功的人士，當然，應該有不少是我所不知道的。經過了二十五年，這些人大概可能散佈在地球的很多個角落了吧？或許，他們都有很大的成就？

　　我把這張周報寫出來，就是要告訴大家：《中國學生周報》是值得懷念的，她培育出來的人，很多都成為社會的棟樑了。我收藏的舊書報很多，超過六十年歷史的也不少，但都不過是近十年來收藏的，而跟隨我最久的，要算是這疊舊周報了，或許，吸引我的，就是這輯照片和名單吧！

**1982-10-13**

# 怪租約

　　一個開舊書店的朋友，前年租約到期時，被業主迫遷。因為舊書很難找到大買客，沒法子一時間賣光，只好把書搬回家去。幸好他是一幢大廈頂樓的業主之一，在天台蓋了一間百多呎的小石屋，空置着沒用，剛好放進了那百多二百盒舊書。或許正因為他有那麼一個小地方，才捨不得將書賤價沽出。

　　其實，不管貨物好壞，只要你肯合上眼，來一個「壯士斷臂」，沒理由賣不出

去的，請看午言當日的豪氣：三架貨車塞到滿，半層六百呎樓才裝得滿的新書，才賣了萬二銀，接手的那個行家，一面搬一面笑盈盈。誰説「書」沒人要！好淒慘的豪啊！

朋友閒吃着過了一年，結果是將那批書搬到頂樓與天台之間的梯間堆着，讓出小石屋租給人住了。幾次去看他，大家對着那阻塞交通的書們，只有搖頭嘆息。

年尾的時候，朋友搖來了電話，説他終於為那批書找到了出路，就是他在一間商場裡租了一個小單位，重張旗鼓了。趁着新年假期，午言專程從北角到深水埗去看朋友新開的書店。

一個不很旺的商場底二樓，終於找到了那所名副其實的「小」書店，店子實在小得可憐，朋友說有五十呎，然而午言走進去，張開雙手成十字站，剛好能碰到兩面的書架，我們兩個人站在店裡，很感「擠迫」。

這間小店的租約甚怪，簽約三年，租九百，但第一年五折，即四百五；第二年八折，是七百二；第三年即要加一，是九百九。真係「一百歲唔死都有新聞」，或者午言少見多怪，這樣的租約是「新潮過新潮」。

這間小店是午言書房的二分之一，大概可以放下十盒八盒書。那條通往天台的樓梯上，還有很多墊腳書吧？

**1983-2-23**

# 書痴的故事

　　日前讀樓上崑南先生的〈感覺格子〉，讀到一名書痴買了本厚書，要偷偷運回家裡，以免妻子嚕囌的故事，不覺感慨萬分，令我想起一位愛書的故人——李君。

　　李君本業西藥行街，卻熱愛文學，曾經有個時期亦搖筆桿，對戲劇一門有頗深的造詣。一有空，他就愛上書店，而每次逛書店，或多或少總有些少收穫，我之與李君認識，是因為我當時正開着一間書店。

　　一天我的小店裡來了個四十歲左右的高個子，選了幾本我們重印的書，付錢的時候，他對我說：「是否可以請你在書的扉頁裡蓋上你們書店的印章以作留念？」想不到有人那麼欣賞我的小店，而且買

的也是我們的出版物，我當然興奮地照辦了。

於是，我開始注意他。每隔一兩天他就來了，很快的我們就熟落了，兩個都是書痴，自然談得很攏。

每次他來，都不會空手而去的。終於有一次我忍不住問他：「你買那麼多書，家裡的書房一定很大了？」

「書房？」他苦笑了一下，「大得很哩！唉，不瞞你說，老許，我住在新區，全屋還不夠一百呎，哪裡來的書房？書一盒盒的放在床下底！」

跟着他侃侃地告訴我，說因為自小養成了讀書買書的習慣，一直無法戒掉，看的書又雜，又忍不了手，每天一下班就逛書店，雖然明知環境不好，地方不大，可就是無法忍手。家裡不止床下裝滿，屋裡都是亂放的，妻子雖然好脾氣，但也間有微言。因此，每次買了書，都是閃閃縮縮的偷運回去。

「你記得我叫你在書內蓋印章嗎？很多時候我都加上些字，回去說是出版社送的哩！」我想像得到他家裡書亂堆的情況，同時更想到：當一個書痴的太太真不易哩！

後來我的書店由九龍搬到香港去，漸漸的李君少來了。有一個時期，大約一年多沒見過李君的跡影了。某日和一位熟客傾談起來，他突然問我：「你和一位李先生很熟吧？」

我點點頭，跟着追問他是否認識李君，他說：「我不認識他。他是否一位老學者或教授？他看的書很雜哩！我最近在舊書店中見到一大批他拋出來的書，有很多寫着你們書店贈閱的，所以我問問你。他是否過世了？」

一個書痴是絕不會無故將書拋出的，他一定有了什麼變故。我向幾位認識李君的友人查問後，才知道原來近年他與人合伙做生意，租了一間寫字樓，因有點地

方，便把部份書搬到公司去存放，豈料生意失敗了，公司給人封掉，書就流落到舊書攤去，想來他該傷心透了。很多年沒有見到李君了，不知他現在還有沒有買書？

說到書痴，還得記上一記我店裡的小伙計。

那時候小伙計剛二十，是某名校的預科生。還未到小店當伙計之時是我的熟客，每星期來兩三次，買到沒有錢付，常常要賒數。我經常勸他：「年輕人看書，萬不可貪多，最多選三兩門書，勤鑽下去才有用。」可他不聽，文史哲，新舊文學，一見書就搶。

他母親是個寡婦，環境好不到哪裡，每個月有三五百零用錢給他，可他就省吃儉用，全用來買了書，把身體餓得一條籐的樣子。最後是母親不讓他買書了，他就央求我准他買了書存在我那裡，等他要用時再來取。

他讀雜書用功，功課卻不甚高明，結

果考不上大學。放榜那天他垂頭喪氣的來見我：「你可否請我做伙計，讓我在這裡留一年，明年再考？」於是我把他留下當伙計。

我們每日下午二時開市，七時關門，一星期開六日，每日五小時，支一千五百，人工也不算少的了，然而，小伙計在我那裡做了年半，卻是一個子兒沒收過，臨走時還付了我一筆書費。

每星期國內有兩次新書到，他一點完貨，立即揀了自己要的，放進橙盒裡收好。每個月尾跟他算起賬來，他要了的書數總是超過他的人工。

一年以後，他又考不上大學，就繼續躭了下來。再過了年，書店的租約到期，業主不肯再簽新約，書店要關門了。快關門前的幾天，小伙計請來了六七個同學，請貨車把他的幾十盒書搬走了。臨走前他期期艾艾的，說欠我的千多塊書款，一定想辦法還我。

小伙計也真是信人，小店關門一兩個月後，他真的把錢還了我。最近，聽說小伙計不甚愛書，到加拿大留學去了。

　　其實和小伙計一起到我那裡買書的，還有他的幾個同學。他們一共四個，都是某名校的預科生，大抵受老師感染甚深（因他們的幾個老師陳念萱、何福仁都是我店的常客），愛書癮甚大。為着易記，姑且把他們稱作 A、B、C、D。

　　A 是我底小伙計，他是最狂的一個。B 是狂熱的第二個，不過家庭環境較好，每個月可以省四五百塊來買書。可惜他和 A 一樣，不是揀書買，是搶書，同樣患上「雜」那種消化不良症。C 環境最差，常常聽說他要不吃午飯，把錢省下來買書，幸好他是個小胖子，經常自我解嘲説：「不吃午飯，有錢買書，又可減肥，何樂不為呢！」因為買書的錢少，反不會亂買，他的書僅集中在哲學一門。D 最為冷靜，買的書較少。除了自己喜愛的外，必

定要同學特別推薦的，他才肯買。我看得
出他不是吝嗇，而是較他們成熟。

　　每次新書到時，Ａ的責任可重大了，
除了本份的工作點貨對單外，還得為自己
留書，為朋友揀書。他揀的書，除了揀內
容，還要選外表最好看，最完美的。

　　不幸得很，四個小書痴都考不上大
學。Ｄ醒得最快，立即到澳洲升學去；Ｃ
環境不好，只進了樹仁；Ａ和Ｂ不死心，
再考一年，還是沒結果。後來聽說都到美
洲去了，可是已比Ｃ和Ｄ慢了一年。

　　四個名校的小書痴都考不上大學，我
覺得和他們讀課外書太多有關。他們得到
的是課外的知識，和香港那種要「死刨」
的考試制度鬥不過。然而，談到真正的學
問，他們可能要高出很多。

**1983-3-23**

# 人生變化大

　　一個年輕人推開玻璃門進來，劈頭第一句就問：「你還記得我嗎？」我定睛一看，雖然他已改變不少，戴了副粗黑邊眼鏡，參雜着銀絲的短髮，看來是成熟了許多，然而「小書痴」的形象一下子就湧到眼前。那是幾年前，讀中七的，每月肯花近千元買參考書，是文史哲政社藝兼收並蓄的「小書痴」哩！

如今他是在海外讀完大學回來了。他說：「我是昨天才下機的，一聽到你又開了書店，今天就趕來了。怎麼啦？不甘心？」

　　我笑了笑：「桐油罐永遠都是盛桐油的。」

　　我們很高興的談了一個下午。他告訴我在海外讀的是心理學，回來打算做一年事，賺點學費再去過，心願是非要弄個博士學位不可。

　　他嘆了口氣說：「我以前猛收進文史哲古籍和新文學書，以為做個文人，想不到卻研究了心理學。人生的變化真大。」

**1983-3-24**

# 那間書店

最近這兩三年，可以說是書業的黑暗時代。雖然沒有正式的統計，粗略的算算，每年總有三五間書店因無法支持而結業。買書的好地方真是買少見少了。所謂五窮六絕，每年到了這個時候，書店關門或「壯士斷臂」式的大減價均是屢見不鮮。近月來的情形則更嚴重，繼一間有八十年歷史的書店，即將在中環絕跡之後，一間有二三十年根基的出版社書店，亦在報章上刊登結業的啟事，令人嘆息不已。

今日打開報紙，見到一段小小的書店大減價廣告，雖然只有那麼丁方幾吋，還沒有一包香煙大小，倒是全部套紅，甚為搶眼。內容說是不堪書籍存貨過多，實行狂減，由一元起即有交易，其他大量由三折至六折，實在吸引之極。然而，再看看

書店的名字，原來是「那間」，不禁又猶豫起來了。

提起「那間」書店，可以說是全港的讀書人都非常熟悉的，因為它是「龍潭虎穴」，凡幫襯者，必被斬得一頸血。它總有十來二十年歷史了，最初開在灣仔電車路的二樓，有千多呎地方。二十年前書店甚少，更加上它是最先大批大批進口台灣書籍的一間，生意很不錯，老闆大概發了不少財。

及至租約到了期，花了三十多萬，在附近買了一層打通幾個單位的二樓大展拳腳。這層二樓面積可真不少，總有萬呎以上，於是它便成了全港最大的書店之一。不知是否開支大了，還是它的作風本來就是如此，大家到後來才發現：它的價錢很不老實。午言聽過一個笑話，說是一位老先生在那裡花了八十塊買得一本孤本舊書，拿給一個專業舊書的朋友鑑賞，朋友眼都突了，說：「這本書在奶路臣街的地

攤常見啊，五蚊我都嫌貴！」

最初幫襯「那間」書店的時候，午言不過是個初中生，對於書價一無所知。後來知道了書價以後，發現它的定價往往貴過其他書店的百分之五十至一百以上。抱歉得很，除了最初的一兩年，這十多年來，午言未幫襯過它一毫子。

除了書價，它還有很多令人討厭的地方，譬如你一踏進書店，就有伙計跟着尾，你走到那裡，他跟到那裡。你看完了書，插回架上，伙記必然拿出來看看，或者拍拍書架，彷彿你看過以後，書就不見了幾頁，非要你買下的樣子。還有更令人「心驚」的是，每一個轉角的牆上，都有一張捉到偷書賊的海報張貼着。上面貼有偷書賊的照片和悔過書。令人看後很不自然，心裡戰戰兢兢的，真生怕看書看得昏了，把書疊錯了在自己携來的物件中，被人當作偷書賊捉了起來……。

此所以十多年來，午言也甚少上這

間書店。至於今次它大減價，會否減完還貴過未減呢？午言之猶豫在此。不過，書局之減價亦往往減到很得人驚者，尤其是行將「執笠」之書店，因為書不比其他的貨，關了門還可以照來價稍低讓給行家，或者推到街頭去散，也散得個譜。書店一關門，貨就平過廢紙。想當年，午言之小店，行將結束之際，曾計劃過一個創舉，就是：每個人客進來，只要付一百大元，即可任由他雙手盡捧，可以托得幾多就幾多。可惜後來心灰意冷，無意進行。結果是一萬二千元讓人家用三大貨車載走。

　　不知「那間」書店的店主是否亦覺得書業難撈，打算結業？它應該有不少好書。最後，我還是受不了引誘，決定下班以後，專程乘車到灣仔去，再一次參觀那間令人討厭的書店。

　　一進到書店已經很不「對辦」，因為連我連老闆在內，不過三個人。一間書店大減價，賣了廣告，而且是三至六折，應

該是人山人海的才對，然而冷清到只有三人，不是有點怪嗎？「既來之則安之」，午言打了個圈，昔日的輝煌不知哪去了，萬多呎地，只有老闆一人看舖。翻翻舊書，老天，那是文革時期的天文數字。舉個例：范長江的《中國西北角》（原版的），那是好書，文革時午言幾經辛苦撲得一本，是五十塊。早兩年三聯已經重印，定價十二，八折即九塊六。你道它賣多少？告訴你：一隻牛——五百個洋！

驚不驚人？一套線裝的貫華堂水滸，毫無疑問是很難找，但也不用賣到五位數字啊！百衲本廿四史，昔日午言賣九百，它賣四千。這樣的定價，任你如何折法，午言告訴你：可看，不可買！

**1983-7-5**

# 五四以來的絕版舊書

　　你對收藏有什麼認識？僅限於集郵？其實，收藏是極多樣化的。除了集郵，還有人收集錢幣、車票、火柴、貝殼、蝴蝶標本、古怪的瓶子、古董……以至於老爺車，甚至動物，都有人喜歡收集、收藏。

　　當然，有些人會喜歡藏書。一提到藏書，很多人就會想到宋版、明版的古書上去。明版和宋版固然是難得的古書，然而，事隔數百年，試問又收藏得幾多呢？

　　其實，除了這些古書以外，還有很多書籍是值得收藏的。藏書不比收集郵票、車票、火柴等，因為書的體積不少，如果不集中某一點，一來不精，二來沒有那麼多地方存放。因此，喜歡藏書的人，多先決定一個目標，才多方收集存藏。如果沒有目標，盲目的亂收亂藏，不單沒有

價值，終至於書太多，無法處理，終有一日棄之如廢物的。到時便要找人來「斷斤秤」了。

因此，在藏書這個大題目以下，是可以分成很多類的。這等於集郵，有些人專集某地方的郵票，或某年份的郵票。其實要收齊香港以往所出版過的郵票，也不簡單哩。

至於藏書，有人藏英文書、有人藏雜書、有人藏文學作品……今天和大家談談的，是「五四以來的絕版舊書」。首先我們要知道，這類書有什麼收藏價值。決沒有人喜歡收藏一些普通而易於找尋的東西的。譬如錢幣，也是在它停止發行及使用後，才開始提高價值的。要知道這種舊書的價值，先要了解「五四」以來的中國歷史。

只要你是中國人，都應該知道一九四九年以前的幾十年內，時局的混亂情況，人民生活的困難。由於戰亂，由於生活，

有多少人還有餘錢、餘情去買和看書呢？所以，這個時期留存下來的書就非常少。

「五四」到四九年內所出版的書，或毀於戰火，或政治因素被查禁的也不少；再加上，四九年後，這些書已不能從國內運出，台灣方面也拒絕這類書，因此，要收集這個時期的書籍，香港差不多已成了唯一的地點。

六十年代文化大革命後，全世界掀起了「中國熱」。於是，這一時期的書籍，就成了外國圖書館搶購的對象。原本在舊書攤只需一個幾毫就能買到的這類舊書，立即身價百倍，賣三幾十，甚至三幾百一本，而且轉瞬間就絕了跡；出口書商也因為供不應求而發展成翻印了。

與此同時，「五四」以後的文學作品，就成了搜購及收藏的對象。不僅私人難以買到這類舊書，就算圖書館也極難買到。現今香港的圖書館中，亦僅有馮平山圖書館、中大圖書館和大會堂參考圖書

館，才有這類絕版書刊。

　　而且，這些絕版書亦僅限參考用，不能借出圖書館外。至於私人方面，亦有不少熱愛新文學的人士藏有此類文學作品，據許某估計，其份量可能比上述圖書館還要豐富哩！可惜的是很難欣賞得到。

　　然而，現在卻有一個欣賞到這類絕版書的機會了，一個由新亞書店主辦的「五四以來絕版舊書回顧展」，將由本月十三日下午起，至十八日止，一連六天在中環三聯書店的展覽廳舉行。是次展覽，乃由本港新文學作品藏書家黃俊東、陳無言、李立明、許定銘等借出藏書近千冊展出。主要為新文學作品，並有部份為作家親筆簽名本，實在難能可貴，愛好欣賞這類書籍的同好，絕對不能錯過。據説到時還附設小賣部哩。

　　有人肯辦此類蝕本的展覽，有益讀者，功德無量！

**1983-11-9**

# 買一批老文化人的老書

　　最近朋友介紹我買一批書，說是一個老文化人的。這位老文化人是個愛書人，原先開一間小書店，退休後用以消磨時日，突然卻因為爆血管，以至行動不便，書店無人打理，只好關門大吉。

　　書店關門後，剩下十來盒書捨不得平賣，存放在一個貨倉裡。說到那個貨倉，不過是一層在中區的戰前舊樓，據說他在戰前就租下來了，當時不過二三十塊月租，一直到如今，是加到千幾。如果以時值來算，中環一層二樓租千幾，是大大超值，問題是有無好好利用。設若要來做寫字樓，或是什麼的，肯定值得；如果任意空置，或存放雜物，則再便宜亦是不值。

　　據說老人因為行動不便，又沒有什麼生意可做，卻又不把它轉租，那層五六百

呎的二樓就隨意的掉在那裡，雜物亂得似狗窩，看來極像個「垃圾站」。

由於日子實在太久了，這幢舊樓已有演變成危樓的條件，存放重物不甚安全，故此，老人有意出賣那批存書。

去到那幢大廈前，午言不禁驚異於中環居然還有這種落後的兩三層高的舊樓。樓梯雖是水泥的，但窄得僅容一人通過，如果碰到對走的人，我看必得要有人退後才成。

梯間積滿塵泥，配合剝落了油灰的磚牆，再加上那種久無人至的發霉味，簡直令人以為是走進了荒郊的古老大屋，絕對不會想像到：人在中環！

樓梯轉角處的牆上，掛着一塊「良友圖書公司」的招牌，兩隻對浮着的鵝，居然清晰而顏色未褪，不知是從三十年代殘留至今的，還是新近這十年八年才掛上的？午言對這塊招牌倒是興趣濃厚，如果我是古董商，未看書先打這塊招牌主意，

「良友」一直是我很欣賞的出版社。

難得行動不便的老文化人竟親自等候，指示那十餘盒書叫午言選看。要在堆滿雜物，連走路也得側身手足並用的地方，翻看那十餘盒書，實在困難。原先以為會有絕版舊書的，豈料全是極普通的、一般在市面上都能買到的書，失望得很。

正選看書間，老文化人從站立着的地方，忽然一塊板似的，直拍倒地上，在場的人都嚇了一跳。原來他一直不宜站立，不過，今天實在有點興奮忘形，站了幾分鐘，一個不支就倒下了。扶他起來，不能作聲，面色也不好。朋友立即搖了電話，救護車幾分鐘就到，由他的太太送到醫院去了。

經此一鬧，午言也無心再看書了，給了個合理的價，雖不甚滿意，也買下就算了。心裡一直惦記着老人，直到知道他已無礙，才安下心來。

**1985-4-20**

# 愛書發燒友才開書店

　　午言在他報的框框裡，讀到一篇題為〈一折八扣書〉的文章。說是三十年代一家書店，居然推出一種〈一折八扣書〉，而老闆卻賺得成了富翁。

　　其實，這種巧立名目的辦法，在各行各業中是普遍存在的，把物價定得高高，然後低折扣出售，顧客都是貪小便宜的，雖然不一定是受騙，經營者卻因略為薄利，而得到超額的傾銷，結果美滿亦所必然。但是，這種巧立名目的手法，只可以用一段短時間，讀者很快便會醒覺過來的。

　　同一篇文章中，作者還談到他到常去的書店中，買了幾部六折書，老闆苦着臉說：「賺不到多少錢。」言下之意是還有得賺的。故此，作者在文章的尾聲處，就

筆伐書業，說：「本港的書還是貴了些，唯利是圖也需適當，不然，怎麼六折仍有賺頭？」

讀此文使午言搖頭嘆息：香港的讀書人真是「執到寶都唔知」。

除了部份經常買書，而與書店中人熟悉的人外，很多人都不知道書店之「薄利」。若然他們知道書店所賺之微，讀書人的良心必然會驅使他們不至斤斤計較的跟人家講三五毫子的價了。

午言經營書店十多年，對這個行業瞭如指掌，不禁要在此發發牙癢，爆點小內幕。

首先我介紹一下香港書的來源（不是教科書，指的是文史哲及雜書），大至可分為三種：一是本港出版的。這種書除了翻印舊版，沒有版權，沒有作者討版稅的以外，一般書批發價是六五折。有間甚有名氣的出版社，因為廣告賣得多，甚至要發七五折。有些與會考略拉上關係的，或

者特別暢銷的，就發到八折。至於沒有版權的翻印書，折扣則較低，通常是五至六折，間中跳樓貨也有低至三折的，那是照本賣了。

其二是台灣書。本港有幾間書店大量訂台灣書回來，美其名是代理的批發給行家，一般是六折。其實是任何一家書店也可以自己向台灣方面進貨的。不過，計算下來也得要五折左右，是便宜了一折，但你要頻頻書信來往，先付書錢（利息都賠上），書來了，還要去接運。此外，還得要冒險。人家收了錢，不寄書怎辦？這「一折」很難賺。

其三是國內書。香港有代理商，一律是六五折。

從以上三個貨源去看，如果書店賣十足價，賺率是五十個巴仙左右，說高不高，說低也不算低，每做一百元生意，可賺約三十五塊；但比起其他行業來說，尤其與一些賺率以倍數計的來比，是不是太

低了點？

更何況有些書店是賣八折或七折的呢！

大家都懂得計數，一間賣七折的書店，能賺到多少呢？假設書定價十元，來價是六元半，賣七元，賺「五毫」！倘若每日做七百元生意，賺「五十」。請問這「五十」塊，夠交租？夠水電？還是夠伙計人工？更別說是老闆的利潤了。何暴利之有？故此，賣七折的書店，是在倒貼。最低限度要賣八折，才能「維持」。

前些日子，一個年輕人跟我買書。我算他七折，是十八元二角。老天，他跟我講價，要我再減兩毫，還威脅我說：「如果唔係我唔買。」那本書訂價二十六元，大家替我算算是賺多少？是一元三毫！再減我兩毫，加上一個兩毫的膠袋，我賺多少？「九毫！」賣一本廿六元的書賺「九毫」，你「俾乞衣都唔止喇！」如果那位年輕人看到我這段小文，不知作何感想！

經營書店還有一個大難題，是一切貨物不設退貨，進了貨不夠眼光，賣不出去，壓在架上，到了賬期，同樣要付款。雖說是書很少壞，也少過時，永遠可以賣。但壓了貨，不單壓了本，還阻了書架，無法進新貨。因此，久不久書店就會大減價，那種大減價，是真真正正賠了本的。

書店老闆說「賺不到多少錢」是句反話，說的時候該是多傷心啊！不單是蝕了本，自己還跌了眼鏡，進錯了貨哩！難為那位作者還說他暴利！他是有苦自家知。

除非他的貨有「特別來源」，折扣比正常的低，那麼，六折還是有利可圖的，但也是薄利的了。近年來，除了正當的貨源外，「水貨」的來源也頗頻密。不過，正當的書店是不走這條路的，也不便言明。

書店既然賺得這麼微，何以還有人開呢？讓我慢慢告訴你。

除了大資本的大書店和文具店，一般文史哲書店，多是愛書發燒友，或者有心人士所辦的，目的不在賺錢而在推廣文化。

拿午言自己來說，自小愛書如命，中學時期攪文社，撲書看。那時候，圖書館只有大會堂一間，書又少，住得遠，看書甚艱難，唯有朋友間私組圖書館，但買書仍甚不便，尤其是我們酷愛的台版現代詩，當時就只得「友聯」一間有售，貨奇缺，買到時的喜悅，實在難以與外人道。

這個發展，終至於立志開書店以利同好，因此，我的店子少賣通行書，而多是冷門的，難賣的，因為目的是在於「以書會友」而非買賣。書店在家居附近，僅開下午是因為上午要「搵食」，下午才可以獻出微薄之力為愛書人服務，相信大家不會見怪。

兩三個月前的某天，一個陌生的小伙子冒冒失失的衝進書店來問我：「老

闊，如果我要開間似你咁嘅書店，要幾多本錢？」

午言一愕以後，請他坐下，慢慢解釋一間書店的開法。末了，告誡他一句：「開我哋咁嘅書店，唔係好玩㗎，你諗清楚至好！」

最近這個小伙子又來看我，說：「我到奶路臣街啲商場睇過，租好貴，競爭大，好難做！後來我到中環環球商場租了個單位，落咗訂，然後同啲出版社斟盤。你知啦，有間代理台灣書嘅書店，佢要我現錢，仲要發六折。五折都話唔得。你知啦，好多人賣八折，六折入貨賣八折，點頂？冇得做嘅！」不知道他是否知道六五折入貨賣七折這回事呢？

他繼續說：「我依家決定賣時裝，分分鐘有一倍賺。賣書？揾你做咯！」

**1985-6-8**

# 愛買書的「跟車」

　　和一個愛買書的年輕人談起來，實在為他的工作與書之沾不上關係而感到詫異。一直以來，愛逛書店，愛買書的人，或多或少，都因為他們的工作與文化有關，長期以來培養了買書的習慣和興趣，才會個個星期跑兩三趟書局。實在怎麼也想不到，他不過是個送貨的跟車，竟然對書會那麼狂熱，每次花一百幾十而面不改容。他的這種興趣是怎樣來的呢？

　　「完全是自己培養起來的，」他説，「起初的時候是喜歡看書。看的是武俠小説之類，後來覺得這種小説很幼稚，沒意思。於是書的範圍愈看愈廣。如今鍾意看舊小説，收進絕版古本書。」

　　一個貨車的跟車讀過多少書？能否讀古籍？

他說：「我中學畢業，但水準不很高，讀古書時時不大了解，卻沒機會進修……。」

「家裡人常常叫我再讀，說是不讀日校，讀夜校也好。」他說：「但是我對中學教育及科目，已感到厭倦。讀大專，又貴，又怕自己追不上，浪費了。」

後來我問他知不知道「中國文化夜學院」。告訴他這是政府辦的夜大專，價錢平，每科一個學期上十七晚，才一百元，可選科讀，可修滿學分取證書，也可以單上課，不修學分，很自由，科目又多。有文學史、楚辭、香港史、文學批評、現代

文學、小説等正統文史科，還有書法、國畫、音樂、普通話……等，趣味性極濃。聽得他眼都睜大了，立即向我要了地址去報名。

「香港有這麼好的夜大專我都不知道。」他説。

午言相信很多年輕人都不知道。九月就要開學了，如果你有興趣，到成人教育組去問問吧！

**1985-7-1**

65

# 幾種《紅樓夢》

以五千元高價購入舊書一批，其中最堪賞玩的是幾套線裝紅樓夢。其一是兩巨冊的《乾隆甲戌脂硯齋重評石頭記》線裝抄本，雙色印刷，一九六二年台灣商務版，此書僅得十六回，原是胡適所藏，印刷極精美。

其二是《乾隆抄本百廿回紅樓夢稿》，簡稱為「脂稿本」，八開線裝十二

冊，用兩塊板及線繩包紮，款式古雅，一九六三年中華書局版。據説此書流傳甚少，價值不菲，北京之舊書店售五百元人民幣。

其三是胡適命名為「程乙本」之萃文書屋版《百廿回紅樓夢》，二十冊線裝乾隆年木活字本。一九六二年台灣青石山莊主人胡天獵按原式樣重印，僅印百套，流傳不廣。

此種難見之古籍一下子收到，可謂難得！

**1985-10-29**

# 國內書「水貨」

　　如今做國內書籍生意的，實在很難做。

　　代理國內的書商，是把人民幣定價乘以七倍，再按六五折批出。譬如定價是人民幣一元的書，就成了港幣七元，批發價是四點五五元，讀者最便宜是七折能買到，就是四元九。

　　買書多的讀者，對於用四元九才買到一元人民幣的書，還很不滿意。他們會遠

赴深圳去買，一來可作旅行，二來可買點免稅煙什麼的，三來嘛，用港幣換黑市人民幣再買書，那條數怎樣算？

有很多書店也走這條路，每星期派人到深圳寄書回來。甚至還有人上書店去兜生意，說是只要給他們書名，就可以代購得國內書，比率是一比二點五，這和代理批發商的批發價一比四點五五計，便宜極多。這種國內書「水貨」似乎大有可為，對代理商打擊頗大。

**1985-11-20**

# 真正的書展

　　由中國出版工作者協會和三聯、中華、商務香港總管理處籌備了兩年的「中國書展」終於來到了，午言以第一時間勇闖會場。

　　開幕前一天的黃昏，午言參觀了預展。這個預展由五時到六時，僅一小時，乃係為愛書人而設的。由於到場的人不很擠擁，可以舒適地欣賞，實在難得。

　　會場要較一般在大會堂擺的書展大好幾倍，否則怎能容納那近三萬種圖書呢？進場匆匆的環走一次，第一印象：這是真真正正的書展。一般的書展是全部展品都可以出售的，於是，來得少的書，往往給先行者搶購一空，後到的觀眾就只能買到一些常見的書籍，唯一的好處是：書多而集中，還有特別優待的折扣而已。這樣的

書展，實際是個廉價的市場，而非「展館」。但今次的「中國書展」卻是與眾不同的，它是着重「展」而非重於「售」的。

場館的四周，滿排了一個個不同類型書籍的小攤檔，書擠得滿滿的，可都是每樣一本，而且，還有告示標明，那僅是展品，只供參觀而非出售的。

最難得的是獨處一角的「中國古代書籍史展覽」，展示了文字的產生與演變，初期書籍的產生和變革、古代書籍的修補等等，都是等閒難以得見的。

除了展示以外，當然還有書籍出售，以飽愛書人的飢渴。場館中的十餘個攤檔，滿是各類型的書，愛書人們以為可以搶先購買，個個見書便搶，到後來才知道書今天不能賣出，一定要到明日酒會時才可交易，大家只好把書放下，悻悻然嘆一句：入寶山空手而回。

第二天酒會是十時才開始，我九時四十五分已到會場，直闖「中國現代文學」

的攤位，見那套《現代》還在架上，便立即搬下來，可是管理這個攤位的年輕人說，因為這套書僅得一套，如果讓我搬走了，就無法展出，故此囑我留下名片，替我訂下。

豈料等我轉了幾個圈，在《現代》那套雜誌下，留了名片的，居然有四五人之多，若說是書僅得一套，那該是給誰呢？總得有個先後吧。

找到管理這個攤位的組長，跟他「討價還價」一番，結果他從枱底下的抽屜裡搬出了另一套《現代》給我。原來僅得一套云云，只是「商業手法」而已，看來那些留下名片的友人，個個都會有一套《現代》吧？

雖然買《現代》時，受到「商業手法」的戲弄，不過，有些書也真可能到得很少，非常搶手。前一天我明明見擺放着兩本錢鍾書新版的《談藝錄》，可是，今日第一時間都已叫人搶去了，原來放着此書

的地方，是空位一格。據說此書甚暢銷，很多人在北京和上海都買不到哩！

酒會兩小時，午言是滴酒未沾唇，一件小餅都來不及吃，全部時間都花在選購書籍和與友人的寒暄上。很多久未見面的好友、老師、搖筆桿朋友，都在此處碰頭了。不過，大家都只是點頭談幾句就算，因為心都被搶眼的好書牽走了。

這次酒會我是滿載而歸了，四大包書用花紙和繩縛起來，兩個橙盒才放得下，正愁着如何運走，幸好碰到駕車來的同好，才得以展顏哩！

參加此次書展的酒會，除了可以看書，買書，會朋友以外，每人還分得一份禮品。

禮品用手抽盛放好，包括一本十八開，差不多兩吋厚的書展書目，一本大三十二開的，專為此次書展而寫的書話集，還有一只繪上孔子像的泥碟連座架，一個繡上「中國書展」字樣的長帶布包。

書目和書話集對午言最有用；泥碟雖然先有硬盒蓋好，可是打開來卻還是破損了一角；至於長帶布包卻成了女兒的聖誕禮物，此布包為湖南出版社所贈，「湘繡」乃係精品，前面全幅用彩線繡成，中國書展四字下面，是兩隻相對的彩鴨，頗為別緻，難怪女兒愛不釋手了。

　　此日買書，除了折扣，還有贈品，都是些小巧的玩物哩！

**1985-12-15**

# 賣三千的一本書

　　一個賣舊書的朋友最近賣出了一本書，賺了一大筆，高興得把事情告訴我。

　　他説：「你記得我放在入門處玻璃櫃內那本什麼香港百年前的商業之類的書？」

　　午言點點頭，依稀記得那本書：大八開的樣子，似今天在街頭見到的「八卦」週刊般大小，但厚得多，約有四五百頁左右。叫什麼名字就記不起了，彷彿記得是一本香港商業資料的書。

朋友說：「我見做了幾十年舊書也未賣過這本書，不想低價賣出，便寫了幾個字：只賣影印本，不賣原本。豈料那天進來一個顧客，問我肯不肯賣原本。做生意哪有不賣出的？問題在價錢而已，我問他肯出多少？真真想不到，他出三千。說實在的，叫我開價，頂多也只開幾百，怎敢過千？……」

　　朋友是由心笑到臉上，這本書，他賺了近百倍。

**1986-1-10**

# 《香港文學》第十三期

　　眨眨眼《香港文學》已出到第十三期，這本一周年紀念的特大號，是值得向大家推薦的。在香港，嚴肅的文學月刊，能夠出到周年紀念，是件可喜的事。這除了反映刊物有份量，為大眾接受以外，還反映出香港的讀書界已逐漸增長。

　　《香港文學》第十三期單就份量來說，已是「抵買」到極，二百多頁的部份彩色精印，完全可媲美賣三十多塊的《聯

合文學》。只要八塊，你就可買到這本超值的雜誌。

　　就內容來說，午言認為更是超越《聯合文學》的，尤其是「香港文學叢談」這個特輯，更是午言特別喜愛的。三十篇文章，分述了由清末至現在，香港文學雜誌的面貌；大部份邀請到當事人執筆，內容充實而資料豐富真實。對喜歡研究香港文學的人來說，這本第十三期真是「如獲至寶」。

**1986-1-13**

# 一些難見的文學雜誌

香港雖然是個小地方,但要找二三十年前出版的書籍和雜誌,實也並不容易。

午言是六十年代初期接觸文學的,一直到如今,都和書刊結了不解之緣。很多期刊都以為有深入的了解,到讀《香港文學》這個「香港文學叢談」的專輯,才知道過去的所知,實在並不很正確。

比如雲碧琳的《文藝季》,年來見來見去,都只得創刊號的那期,因此以為它

是就只得一期的短命刊物，想不到它卻共出了三期。

又比如盧文敏的《文藝沙龍》，我亦以為只有我所存的第一期，到讀了慕容羽軍的文章，才知還有兩期。《文藝沙龍》的第一期是十六開本的，後來有兩本由夕陽編的三十二開小書，樣子就像那時代流行的三毫子小說，手頭上已經沒有了書，彷彿記得名字叫《原野的呼喊》什麼的，也很受歡迎。

**1986-1-14**

# 值得介紹的「合集」

　　我收集舊書，除了三十年代的文學作品，香港五六十年代的書刊，也是收集的對象之一。但是五十年代出版的《文藝新潮》總共不過十五本，始終無法收齊，倒是從金炳興那裡借過全套的快活過一段日子。

　　「香港文學叢談」這個專輯，似乎集中在期刊方面，關於合集，只介紹了《五十人集》和《五十又集》，其實那二

十年內，還有很多合集和短命期刊的，隨手寫來就有：《海歌、夜雨、情思》、《軌跡第一象限》、《靜靜的流水》及續集、《擷星》、《綠夢》、《荒原喬木》、《戮象》……。

　　雖然這些合集大部份都是當時的文藝青年所出的，但我覺得還是有介紹的價值。看完這期的《香港文學》，激發起午言的懷舊熱，把以前所藏的這些東西翻出來，連續翻閱了兩天，也不忍釋手哩！

**1986-1-16**

# 買舊書

　　朋友問我：「經常見你寫買進很多舊書，香港這麼個小地方，也有舊書買嗎？」

　　買舊書這回事是很有趣，也很難想像的。一般來説，賣出舊書，大多基於兩個原因：一是移民，無法帶走；一是藏書者過世，後人拋出的。至於買進的方法，大多是經由專營舊書的書店買進後，再跟他們以高價挑選。

我說很難想像，是想不到居然有人會藏有那麼多書，最近午言買進了一大批書，都是同一個人拋出的，請你看看那份量：大三十二開精裝《四部叢刊初編》一百一十冊、續編百五冊。《皇清經解》正續編，十六開本，字典般大的共四十冊。《佩文韻府》七大冊。《說文解字詁林》十二冊。《粵雅堂叢書》二十冊。還有《文苑英華》和《全上古三國南北朝文》……。

　　先不說價值，起碼要用過百呎的書房才放得下。多少人有那麼大的書房呢？

**1986-1-18**

84

# 介紹兩本好書

　　近年來香港的出版事業蓬勃得很，出版社如雨後春筍，出版物則更像春天草原上新長的青草，一下子湧出許多新芽，尤其是兒童讀物、普通話學習的叢書及音帶、具教育意義的讀物，差不多每天都有新書出現。走到出售此類書籍的書店，保管你琳瑯滿目，目不暇給而不知如何選擇。

　　近期出版的具教育意義的圖書中，有兩本是特別值得向大家推薦的，一本是大道文化的《圖片香港歷史》，另一本是陳迹的《香港滄桑錄》，兩本書同樣以圖片去展示近幾十年來香港演變的簡史，對研究香港史，或想了解香港過去的年輕人來說，實在是不容錯過的好書。

　　《圖片香港歷史》是十六開本，差不

多一吋厚的精裝本，厚厚的一冊書，九成以上是圖片，雖沒有仔細的數過，起碼有好幾百幀。

圖片的選刊，是由 1839~1985 止。每十年作為一輯，第一輯是 1839~1850，第二輯是由 1851~1860。餘類推，最後一輯則是 1981~1985。

何以要由一八三九開始呢？其中一張圖片是一八三九年六月，林則徐在虎門灘上銷毀鴉片的情形，正好解釋了這個選擇。此項歷史事實是斷定了香港發展的最重要因素，選這一年作為香港史的轉捩點，實在最恰當不過。

每一輯之前，先有兩頁以文字記載的十年大事記，照後是每頁兩三幅圖片，配以大事的五百字左右敘述，對喜歡看圖片，又能從簡短敘述中得知事件概略的年輕人來說，這會是他們最屬意的編排方式。

圖片選擇的主題，大概都以當時的

港督、名人、社會生活、重點地方的實景為主。照片多於圖片，看來並不容易收集的呢！

此類圖片本來在大會堂的資料室、博物館，或者政府出版的書刊、名信片上都能找到，但要綜合在一起就不容易。

記得以前政府刊物出版社曾編過一本《百年前的香港》，是同類性質的書籍，但和這本比起來，則是遜色得多了。

這許多輯中，以 1941 至 1950 的一輯圖片最為豐富。如果大家都不善忘，應該記得這十年是最動盪的日子。三年零八個月及四九年的圖片也不少呢。

令午言印象最深刻的，是佔了兩大頁一幅的一九五三年石硤尾木屋大火圖。雖然圖片並不清晰，但這項歷史記憶猶新。當年的大火，轟動港九，午言年紀尚少，但當日父親拖着往看災情的片斷，在幼少的心靈上已刻下了深深的烙印。還有一張「俯瞰下的五十年代的香港木屋區」照

片，也很令人震驚！

　　圖片內容的選擇中，令午言最不滿意的是六十年代中一張「林黛」自殺圖。

　　如果一個影星的死，都成為香港歷史的重要事件，則午言認為選「李小龍」的比選「林黛」的更為值得。起碼李小龍是跨越國際的影星，為黃皮膚的中國人爭過光，而林黛不過是個普通的影星而已。

　　八十年代的一組圖片午言也認為選得並不適當，那是八五年的寶馬山雙屍案的圖片。那不過是一宗姦殺掠劫案而已，連這樣的事都上歷史，是編選者江郎才盡，還是其他什麼原因？如果因為八十年代不過過去五年，編選資料不足，那就讓他少幾幀，好過濫竽充數，惹人反感，那就反為不美了。

　　但無論如何，《圖片香港歷史》還是值得向大家推薦的，尤其中國的圖書館，更是不能缺少的一本資料書。

　　和《圖片香港歷史》略有不同，陳

迹的《香港滄桑錄》卻是一本攝影集。全書收百多幀彩色和黑白的照片；分成十餘輯，以不同的角度去反映近四十年來香港的變化。

《圖片香港歷史》是編年的，但《香港滄桑錄》則是以不同的主題來表達的。譬如反映五六十年代勞苦大眾的有〈過去的歲月〉；紀錄六十年代香港水荒苦況的則有〈東江水未越山來〉；顯示漁村變化的是〈大澳今昔〉和〈消失了的圓洲仔〉等。

一般的攝影集大都選刊「沙龍」，看重藝術的表達，然而，陳迹的這本攝影集，卻着重反映現實，紀錄着社會的演變，充份表現出新聞攝影的味道。書前有黃永玉的〈鏡頭中的世態炎涼〉，書後有杜漸的訪問〈俯仰香江四十年〉，對陳迹的藝術足跡有深刻的敍述。

特別值得提出來一談的是〈大澳今昔〉的那輯。大澳是大嶼山東北的一個小

漁港，相信是幾十年來香港變化得最少的地方，倘若如今到大澳去走走，見到涌邊的棚屋，兩層高的板房石屋，不難令人想起往昔的日子。

〈大澳今昔〉是用強烈的對比組成的。影集的一邊是五〇年黑白的大澳，另一面卻是一張八五年同樣地方的彩色。把兩張照片一印證，雖說是變化少，但經過了三十多年，畢竟有很多不同的了。

這種強烈的對比，陳迹叫它做追蹤攝影，據說他還有一些人物的追蹤攝影，可惜並未收在影集內，令人失望。

〈東江水未越山來〉的一輯，分別從都市、山區及農村三個角度去展示六十年代四日供水的苦況，「樓下閂水喉」的叫聲呼之欲出，令身受其苦之人感慨甚深。

看《香港滄桑錄》六十年代制水的一組圖片，勾起我一段逝去的記憶。那時候我們住在旺角一幢戰後新樓的天台，美其名叫五樓。上落得要走近百級樓梯。天台

上不過住了三家人，有大門關住樓梯，不許下面的住客上來，活動的範圍不少，而且三家人也很融洽，生活也算不錯。

制水的那段日子，水壓不夠力，水無法上天台來，甚至四樓也沒水。全幢樓的人也得到樓下去「挽水」。成人用大小不一的水桶，孩子們用水煲，挽着水走百級樓梯，實在不簡單。

那天不知倒什麼楣，挽著水正待走，忽地來了頭大狼狗，在我大腿邊不停地嗅着。還未來得及走開，那帶著口罩的畜牲張口在我大腿上咬了一口。肉雖然未被咬去，卻害我到急症室去候診，回來還要坐警車去拉狗。如今腿上還留下幾吋的牙痕哩！

**1986-2-25**

# 《活的歷史》

　　説起市政局的出版物內容充實、價格廉宜，不能不介紹一下《香港歷史圖片》的姊妹篇——《活的歷史》。

　　《香港歷史圖片》全書都是圖片，着眼點在香港近百年社會的變遷；《活的歷史》則在圖片以外，更附有中英對照的簡略文字説明，着眼點則在香港的歷史建築物。展示的都是極有歷史價值的房樓。

　　全書分成四輯，分別為：傳統歷史建築、中區歷史建築、近代歷史建築和古跡保存的前景。

　　第一部份介紹了「吉慶圍」等位處全港各地的十六處有歷史價值的建築物。除了著名的曾大屋、鄧氏宗祠、文武廟……等較具名氣的古建築以外，難得的是還有些不甚為人注意的，如聚星樓、

大夫第、黃竹坑新圍十號等。

每一處歷史建築物，除了展示過去的和現在的圖片，附加說明以外，最令人愜意的是每處都會有一張「附近地區圖」，讀者若希望「按圖索驥」，大概不會失望。

這一組介紹中，最引起午言注意的是「黃竹坑新圍十號」，想不到經常在附近走動，卻完全不知道有那麼一處古建築，真是太孤陋寡聞了，他日一定要抽空去看看。

其他各輯也很精采，有再也見不到的「美利樓」和「舊火車總站大樓」，也有甚少人提及的「客家圍」和「述卿書室」。

《活的歷史》為十六開本，近百頁，圖片亦接近此數，而且大部份是彩色的。以午言經營書店十多年的經驗認為，若此書為一般書店出版，起碼要賣六十塊。你知道如今它賣多少？靜靜告訴你，是十一塊。

市政局出版書籍之「抵買」，往往是

出人意料之外的。那日午言在中環街頭就見到這樣的一幕：

一個父親拖着孩子到報攤去買報紙。孩子看中一本由市政局出版的兒童書——《給媽媽的信》，向父親示意要買。父親見書出得實在太好太美了，細心看看：彩色硬卡精印的封面還加了燙金，內文除了故事，還有彩頁插圖，一看價目，嚇了大跳：三元，「數大餅」。

這回輪到報販抗議了：「三蚊？」報販瞇起眼看：「印錯卦？我睇三十蚊至真。咁靚嘅書有乜理由賣三蚊？成本都唔得啦！我睇印工都要十蚊，對唔住啦，三蚊我都買，等我查過單至賣啦！」

報販不肯賣，孩子好失望，作父親的只好保證到書局去買給他。

**1986-9-5**

# 賣書如賣柑

　　到舊書店去買書，通常要特別細心。除了一本本的細看書脊外，有時還得要把書從架上抽出來才能知道是什麼書。書脊因為年代久遠色澤淡褪了，甚至是脫落了。

　　這次逛舊書店有點失望，沒什麼好買的，便一邊掃着書店的角落，一邊和老闆朋友攀談起來：「怎麼啦，過年這麼久還未收過書嗎？」

　　朋友打着哈哈道：「文史書是冷門點，不常有。英文書和課本則是日日有哩！」

　　忽然我發現角落書架最高的頂上放着一堆東西。說它是書嘛，卻不像，因為書有一定的開度，放在一起不會參差不齊，而它卻像堆廢紙疊在一起，盈呎厚，用繩

子十字結的紮着。難道是剪報資料？

「那是什麼？」我指了指。

朋友笑着說：「那是珍寶！是香港寶貴的掌故資料。」

「那是日治時代的書，」老闆說：「從圖書館出來的。不過，只有封面而沒有內容的，是我把內頁給斯掉了，因為太多了，搬得辛苦。」

我絕對沒聽錯。書，他只要了封面，不要內文。追問下去，原來他說價值就在於封面的那個圖書館印章，書全是日文的，難以賣出去。

「書」搬下來了，我細心的翻看，原來都是香港淪陷時期，日本國內的出版物，送給「香港市民圖書館」的。相信很多人都未聽過這個圖書館，值得一提。

書的封面全是彩色精印的，間中有些還留下扉頁插圖，大都也是彩色的，繪得很不錯。午言不懂日文，但也猜得到這些書大部份是兒童讀物。日本人也真深謀遠

慮，看來他們是希望從兒童入手，迫香港人學日文呢！

午言覺得舊書店老闆「賣書如賣柑，要皮不要肉」此招畢竟是錯誤的。書即使作為「古董」，還是應以內文為主，光是欣賞封面或印章，肯定是不夠的。

老闆談得興起，告訴我很多他賣舊書的舊事，其中一段是賣書幾遭殺身之禍。

他說：「那是淪陷時期，我不過七八歲。一日來了個憲兵，隨意付港幣一百，就想拿了我們兩本值十倍過外的書，我死搶着不放，憲兵拔出劍來要斬我，幸好剛巧我大哥回來，一把拉開，否則……。」

他還告訴我一段葉靈鳳的軼事。他說那時候葉天天黃昏都來書店，提着火水燈摸着書架慢慢選，就算書要得少，也總給他們五斤米的糧票。他這種習慣是風雨不改，每天必到。其實是日日為他們送糧，令老闆感激不已。

**1986-3-5**

# 《益智集圖冊》

　　在孩子們的世界裡，最近流行收集一些野生動物的標貼。這種標貼有自動黏貼的效能，只要撕開底部的附紙，就可以把標貼貼上。

　　這種標貼貼在哪裡？

　　不是貼在身上，也不是貼在課本或牆壁上，而是貼在一本《益智集圖冊》上。

　　《益智集圖冊》表面看來和一本普通的書沒有兩樣，十二開本，三十二頁，裡面介紹了二百四十種生存在世上的動物，每幅圖下均用中英文對圖中生物作簡略的介紹。對兒童來說，看彩圖，讀文章，擴大視野，認識世界罕有生物，此書確實達到「益智」的地步。然而，可惜的是，書內的圖片卻沒有印上。

　　這話怎說？原來書內應該是圖片的地

方，只印了一個號碼，需要另外買一包四款的圖片，然後看看是那個號碼，對照着再貼上去的。

《益智集圖冊》原書才賣四塊左右，實在便宜。可是，加上那些一包包的「標貼」，就絕不簡單了。

吾家小子是收集者之一，經常嚷要拿一元二買一包標貼。起先還好，拆開來四張都是冊內沒有的，大聲叫好。但愈收集下去，便愈不叫好了。有時候，甚至買兩包，拆開來，四張中，才一兩張是可以貼下的，好生失望。

小子生性倔強，每天只兩塊零用，卻是天天買它一包，剩下八毫，可吃什麼零食？午言心有不忍，間中買那麼幾包，他拆開來，遇到難找的，忘形地拍掌狂叫「發達」，個中樂趣難以言傳。

小時候相信你和我都玩過類似的「收集遊戲」，結果怎樣？記憶中都是難以「埋尾」的，因為聰明的商人往往將其中

幾種印得極少。但據説這次卻非這樣，是可以集齊的。

據文具店代售商説，只要一次過買全盒圖片，必可集齊那二百多幅標貼。一盒圖片是一百五十包，即是一百八十元。是否真確就不清楚，但店員言之鑿鑿，説有很多孩子是一盒盒的買哩！

午言不反對孩子一包包的買標貼，而且肯定他若要貼齊整本書，一定超過一百八十塊，但我卻反對一次過給他買一大盒。因為那失去了收集的意義。

養成收集的習慣是好的，若能從收集中培養出交換結友的風氣，則意義更大。但「在商言商」，出版家來了一招集齊以後，可以抽獎的「利誘」，午言就不大欣賞了。

本來單是收集，的確很難刺激孩子的興趣，給予少少鼓勵的抽獎，也無可厚非，但，何以獎品不再用「益智」的事物，而用「旅遊」的重禮？那就值得深思了。

**1986-4-3**

# 憶起「陶齋」

　　從舊書店裡買到一批有關新文學的影印資料，是「陶齋」之物，因而想起這間書店來。

　　「陶齋」是間怪書店。説它怪，是因為它沒有肯定的營業時間，光顧它得碰彩，以午言的經驗是吃閉門羹的次數比碰巧它開門的還多。它還有一怪是：既開門營業卻不注重門市，而以外埠生意為主。

　　「陶齋」大概成立於七十年代初，設於灣仔軒尼斯道和杜老誌道交界一幢大廈的閣樓，面積約為三百呎左右，全店擠滿書架，九曲十三彎存滿了舊書，是當時頗具規模的舊資料書店之一。

　　「陶齋」主人當時已六十餘歲，姓史，外省人，自某國新聞處退休，無親無故，由於對儲存資料有經驗，便開了這間

專賣資料的書店。店裡有一小屏間，史先生即住在裡面。

「陶齋」賣舊書，乃係副產品，它主要是賣「資料」的。

史先生經常外出，到其他舊書店買舊書，此所以書店常不開門。買到有用的舊書或舊雜誌，便把書拆開，將同類的歸納在一起。他主要是整理作家資料的，比如是老舍的，整理好一大疊，剪裁好，貼在定度的打字紙上，然後用影印機影印，再用硬卡紙做封面封底，釘成一冊，稱為《老舍研究資料集》，定一個價錢，便向外國的圖書館報價。

在六七十年代，作家資料缺乏的當時，他這種資料集據說生意頗不錯，一本二三十頁的影印紙，可以賣二三十塊。經他整理的這些作家資料，少說也有五六十種，外埠的定單，足夠支持他底生活及店舖的支出。可是他仍不斷外出搜尋舊書，每次去到，總見他在剪剪裁裁，認真

得很。

　　由於史先生勤跑舊書店，「陶齋」間中也真有些珍品，不過，索價不低。記憶中他有一本郭鼎堂（沫若）的《塔》，是二十年代的精裝本，不過是本小說與戲劇的合集，居然標價八十元。一個仙也不減，午言跑了幾次，都捨不得買。結果是到他臨結束時，才以三十元購得。

　　因為他的書價高，又常缺頁，常使我猶疑不決，結果是錯失了幾本好書。印象最深刻的是懷正本姚雪垠的《長夜》、文化生活版蕭軍的《江上》、群益版的《石懷池文學評論集》。前兩本後來國內都重印了，本港書店也曾出售過，自然已得。但《石懷池文學評論集》看來是沒有機會再重現的了，因為「石懷池」可以說是沒有名氣的，群益之所以出他的書，大底是他老師靳以的關係。如今靳以、石懷池均已作古，還有誰會注意他？

**1986-6-2**

# 《釋神》

　　朋友從國內回來，送我一冊罕見的線裝書——《釋神》。薄薄的一小冊，不足一厘米厚，卻有個名貴的「函」封著，說是難能可貴的解釋「神」的書。

　　此書原為稿本，北京圖書館的善本藏書，為清代秀水姚東升所輯。作者廣搜我國群籍中有關神祇的記載，加以分類解釋，全書分為十卷，分別題為：天地、山

川、時祀、方祀、土祀、吉神、釋家、道家、仙教和雜神等。所釋之神，超過百位有餘，對於研究中國神話裨益甚大。

此書僅魯迅在一九二五年與青年友人討論神時曾提及過。其他知者甚少，亦未曾出書。此次為「書目文獻出版社」首次影印出版，數量亦不多，僅印四千本，故索價甚昂，這麼一小冊竟是人民幣十二元，照如今的對率乘七，即八十四元港幣，是貴了點。

**1986-6-27**

# 暢銷書

朋友問：「你是開書店的，可以告訴我如今誰的書最暢銷嗎？」

這個問題完全不需要考慮，我可以立即告訴你是倪家兄妹的書。倪匡的衛斯理傳奇和亦舒的愛情小說，只要是新出版的，無需理會是什麼內容，午言的那間小小書店，總可以銷出二三十本。這還是因為我們的店子小，地點僻，我親眼見過有

些旺地比較大一點的書店，進貨往往以一百本作基數的哩！

香港印此類書通常以二千至三千本為一版，據估計他們的書首年內起碼銷三版以上。

此外，克莉絲蒂的偵探小說也是很暢銷的。在我個人來說，我認為日本很多名家的推理小說，如松本清張、森村誠一、連城三紀彥、夏樹靜子……等等，都要比克莉絲蒂好，但銷量卻遠遠不如她。

**1986-7-31**

# 林真的書房

　　午言今日參觀了一個私人的圖書館。圖書館不是公開的，正確點來說，那其實是玄學家林真的書房。我之所以說是「圖書館」，那是因為它比我想像中的「書房」要大得多，而且，看上去很像「圖書館」。

　　午言自小愛書，少年時代就已夢想有一間屬於自己藏書、看書、寫稿的地方。如今我家裡有個六七十呎的小書房，飯廳也滿是書架，還有一間兩層高，合共五百呎的書店，實在非常滿足。但今天見到林真的這間超級「書房」，驚訝得張開了口，合不起來。

　　林真在市中心某大廈有兩層樓，其中一層是他辦公的地方，他的那間辦公室完全是書房格調，近二百呎的房間，四壁排滿了書，全部都是精裝的。買回來時即使

是平裝的，都送去加工，改成精裝書。書脊統一加上「林真藏書」字樣，十分豪華。

辦公室的天花裝飾成棚架狀，塑膠植物懸垂，他一按鈕，雀聲四起，使人如置身田園間。大寫字枱對面是一小座閉路電視，閃動着另一處藏書地點，原來那是同一幢大廈內的另一層樓。

我們乘電梯到了另外的那層樓，老天，這裡才是主角哩！一千六百呎的一層樓，分間成三間大書房，一排排由屋這邊到屋那面的書架上擠滿了精裝書，通道僅可容二百磅重的大胖子──主人通過。

「書氾濫成災了，」林真說，「它們把牆邊和地角都佔用了。」

除了書，這兒還有乒乓球枱般的寫字枱，高級音響器材串連了整層樓。他怡然自得地躺到高靠背椅上，說：「在這裡，我可以一星期都不出去！」

**1986-9-9**

# 也談「打書釘」

最近從某報的副刊上讀到同文的一篇雜文，內容大致是說「打書釘」遭到白眼的事。

午言好生奇怪：如今「打書釘」還會受氣？午言逛書店三十年，「打書釘」無數次，所幸是未逢「白眼」，原因之一可以說是幸運，其實最重要的，還是「識做」。所謂「識做」，決非「過水」之類，而是「愛書」和「不阻道」。

逛書店有歷史的同好，大概都會記得書行裡的一位老闆——大聲公。大聲公姓李，據說是行伍出身，聲若洪鐘。他的書店開在旺角三樓，愛書人個個都說他「惡」，愛罵人。午言當然亦見過他罵人，但我卻留意到的，被罵者多是不知愛書的人，比如看書時將書捲起，至令書脊起摺

痕，或者看後不放回原處。要知道人家的書是賣的，你這樣做會給人多大的麻煩？

買書的多是愛書人，書脊若叫摺了紋，賣出去的機會就會打折扣。打完書釘不把書放回原處，人手少的書店，到人客要找起來時，困難百倍。

午言開書店十五年來只趕過兩個「打書釘」的人，其中一位仁兄捧著書捲着看，而另一隻手呢，則是不停伸進滿是頭油的頭髮裡抓癢。過得一陣子，把手抽出來，用書角挑指甲裡的頭皮，每翻一頁書，頭油就把手指模印在書邊上。如果你是老闆，你會怎樣做？

另一次一個大孩子捧著本「金庸」在看，大概半小時有多，一面看一面「哈哈哈」的笑出來，甚至手舞足蹈，不知是在練「金庸」指導他的秘岌，還是什麼的，把其他的人客都嚇跑了。

這樣的「打書釘」怎能不叫老闆火惱呢？

小書店移師商場的兩年來，由於我們是開兩點半的，上班族下午的工作早已開始，因此便少了一批午飯時間的「書釘客」；雖然這樣，我們還是有四名長期「客仔」的。

他們都是年輕人，三個是在職的了，只有一名中學生。兩年來他們幾乎隔日便來，一站便是十來廿分鐘，尤其那名中學生最引我注意，每週起碼來四至五次的，兩年來一共來了多少次？可是，你無論如何想不到，這四位仁兄是連一毫子生意都未幫襯過的。

午言絕不小氣，亦未趕過他們，只是感到奇怪，既然那麼愛看書，何以不到圖書館去看過痛快，而要到書店去「揩油」，每次看那麼十頁八頁，站十來廿分鐘，好累的哩！如果是真正的愛書人，兩年來跑書店數以百次計，卻能忍得住一個子兒都不花，這才是午言最佩服的地方！

**1986-9-15**

# 日本作家的收入

　　第二十一期台版《推理》雜誌有一篇〈日本作家排行榜〉，寫的是去年（一九八五）日本收入最多的十大作家底收入資料，閱後實在令午言慨嘆不已，不禁要為香港底「可憐的爬格子動物」發一口烏氣：我們的收入太太太可恥了。

　　日本去年收入最多的十大作家中，推理小說作家竟佔其七，可見推理小說在日

本是極受歡迎的，當然，他們的收入亦因書籍的暢銷而相當多，但卻多到令人難以想像。

以往收入最多的松本清張，今次排名不過第四，收入是一億四千多萬，折合港幣七百餘萬。排名第一的，是新近冒起的另一位推理小說家赤川次郎，收入是七億五千多萬，折合港幣為三千柒百萬，香港的作家收入是多少？看來零頭的零頭都沒有。電影《英雄本色》破了本港中西影片的紀錄，也不過這個數而已。

**1986-9-21**

# 夜冷書店

　　北角鬧市大街上有間「夜冷」書店。書店都有「夜冷」者？不錯，這是午言新創名詞。所謂「夜冷」書店，絕非舊書店，而是專賣「執笠」書局的平書的。

　　有些大書店，歷史悠久，貨倉內有很多積壓無法推出的舊貨（都是全新的書）。本來，這種存貨拿到自己門市去套現，是一個很好的做法。但，往往由於特別的原因，不能這樣做，於是，便一批

過，以「夜冷」的手法，整貨車、整貨車的賣給他人。

這種「夜冷書店」書甚平，一蚊都有交易。它們不計門面，用木箱一個個疊起即成，專租一些將要拆樓的舖面營業。各區都有。

北角的這間在英皇道舊樓，店內漏水，地面積水一攤攤，《魯迅卷》、《語文彙編》這些以前賣幾百一套的書，用來塞坑渠，見到都痛心。

**1986-10-16**

# 《中國漫畫史話》

　　最近看到一幅漫畫，令午言忍不住「咭」的一聲笑了出來。

　　漫畫是一幅過的，寫某位仁兄匆匆食完早餐，一手挾着西裝飛奔出門上班去。最有趣的焦點在他底左手，因為過忙或其他原因，竟是挽着「擦鞋箱」出門的，留下妻子挽着公事包在餐枱邊發呆。

　　不用多作解釋，大家都會發出會心的微笑。午言是愛看漫畫的，每天翻開報章，都是先看了漫畫，才看其他的。突然腦海裡閃過一個念頭：我國古代也有漫畫嗎？有沒有專門討論漫畫的書籍？

　　於是走到放雜書的書櫃邊看，居然給我找出來一本《中國漫畫史話》，作者是畢克官，山東人民出版於一九八二年的。書放在架上應該有好幾年了，可是卻還未

翻過。《中國漫畫史話》的作者畢克官本身就是一位漫畫家，故此書寫來特別用心，有部份談到漫畫的內涵時，則更見其了解之深入。

《史話》由三十餘篇文章組成，摒棄正史的斷章寫法，而採用閒話式，除了便於寫作，閱讀起來，亦更見趣味性。

一篇〈古代有沒有漫畫〉的文章，就引述了鄧拓在《燕山夜話》裡，早就確定了古漫畫的存在，最早的要數到宋代的《玉皇朝會圖》，略晚的則是明代的《三駝圖》，可惜這些畫如今都找不到了，只能從古籍的文字中去欣賞。能找到圖的，最早是明朝成化皇帝所繪的《一團和氣圖》。

此外，還有介紹現代第一個漫畫刊物——《上海潑克》的文章，資料豐富，行文有趣，十分引人。

**1986-10-27**

# 快餐店裡

　　東瑞兄經常為午言編的月刊撰稿。最
近一次從他手裡收到一篇〈快餐店裡〉，
在巴士上打開來看，不肯掩卷。東瑞擅
寫少年故事，〈快餐店裡〉寫一位忙於生
活，手不能停的寫稿匠父親，為了孩子在
假期裡能得到快樂，陪孩子到遊戲機中心
去，而自己則站在隔鄰快餐店裡寫稿的
故事。

故事感情真摯，充滿父子之愛，午言讀之，心戚戚焉。從行文之親切，從字裡行間，午言似感到故事的真實性。故事中寫稿匠父親之勤勞，生活之清淡，實實在在的刺激了我，使我為近來的疏懶，厭惡工作的態度，深深慚愧。

　　不過，午言亦有少少意見：絕不能讓孩子過度沉迷遊戲機呀。陪他到公園去走走，讓他多接近大自然，不但陶冶孩子性情，父親的靈感也來得快哩！

**1986-11-1**

# 《大戲考》

　　於舊書店中得中國唱片廠所編《大戲考》一冊，十六開本，近五百頁，五八年上海文化出版社出版。

　　顧名思義，《大戲考》者乃考究「大戲」之專書也。翻開目錄匆匆一瞥，確實是此類書籍。掩卷，突有所思：廣東人叫粵劇做大戲，廣府人皆知。但，何以上海

所出同類書亦叫「大戲」，難道當地亦稱「大戲」？百思不得其解。

　　剛好 C 君推門進來，C 君過去在北京教語文，語文基礎厚，學識又豐，問之。

　　C 君笑道：「《大戲考》是「大」的《戲考》，不是『大戲』的『考』。」

　　他說他老家有兩種《戲考》，合起來剛好是我的這本《大戲考》，故此一看就知。後來他還舉了《辭典》和《大辭典》的例子哩！

　　廣東人學語文，確多了層困難。

**1986-11-16**

# 台版書貴很多

近來台版書之貴，貴到令人反感。其實，作為一個書商，我是巴不得書貴的，起碼因銀碼大而收入多；然而，作為一個讀者，每次拿起一部台版書，都有被「搶錢」的感覺，真要為台版書的市場擔心。

書籍的定價，大抵是以書的印量和頁數作為衡量標準的。書籍印量的多寡，一般讀者不曾注意，他們只覺得：書的厚薄，才是花錢多少的標準。

若以這個準則去看：一本二三百頁的港產書，大概平均為二十元；一本同樣的大陸書，則僅在十二元左右；至於一本同這麼厚薄的台版書，則往往是廿五至卅元之間。毫無疑問，港產書或台版書，在紙張和印刷上，要較大陸書漂亮得多，但，書畢竟還是看內容的，貴那麼多，值嗎？

台版雜誌也是貴到令人肉痛的。台版雜誌如今在港最通行的，大概是：《推理》、《聯合文學》、《人間》和《當代》。《推理》三十二開，二百餘頁。定價十七，比同樣厚薄的書要平，算是很合理。

　　其餘三種均為十六開，《聯合文學》較厚，有二三百頁，定價三十二；《人間》和《當代》很薄，大概一百頁左右，前者定價三十六，後者是二十五，幾十塊買一本雜誌，不是太高一點了嗎？

　　不過，話得說回來，這幾本雜誌在內容及印刷上，都可以說得上是一流一的！故此，定價雖然高昂，銷量還是不弱的。《香港文學》絕不遜於台版雜誌，定價不過八元。其他有分量的雜誌，如《明報月刊》、《百姓》等，亦不過十元左右。我真不明白台版書何以要那麼貴，它們在台灣本土是如何銷售出去的呢？十二元、廿元以至卅元，表面看只不過是個小數目，但，長期算下去，也就不簡單。

我說台版書貴到令我反感，乃係由一部錢穆的《論語新解》引發的。最近批發商送來一套此書，大三十二開，上下兩冊合共四百頁左右，書後所標定價，實在驚人，是一百二十四元！

　　此書舊版乃在本港所印，以前的訂價不過是十來廿塊一套。當然此乃舊價，不能作準。即使現在重印，以「中大」的書最貴來算，這麼厚薄，具同樣學術性的水平，頂多也不過六十塊，僅值台版書的六成！何況此書大陸剛好新排印翻了版，兩冊合為一冊，確實的定價經已忘記，但肯定不會超過二十元。

　　朋友不愛看簡體字，不買國內的，午言為他找了一套極新淨的舊版港印《論語新解》，才卅元，是台版的二點五折左右。

**1986-12-9**

# 作家的清書運動

一個愛書作家搖電話給午言：「我趁着這兩天假期，清理了一批書出來，不要了，你來抬吧！」

午言立即趕過去，朋友早已把那批不要的書繫好。十來本十來本一小紮，足足有三四十紮，一座小山似的堆在客廳兼書房裡。

朋友指着書，留戀而可惜的說：「沒辦法！地方就那麼一點點，書卻是愈來愈多，放不下就要割愛。有些是作參考的，用過了；有些是儲存的雜誌，一年年存下去，不是辦法。」

估計那幾十紮書得塞滿一輛的士。朋友看書極博，不純是中文的，英文的、日文的都有。從極嚴肅的學術專著，到推理小說，到武俠小說都有。

午言道：「説給的士佬知道這是一個人讀的書，打一句，問一句，他都不會信。」

朋友夫婦倆都是作家，年近半百，孩子們早已成長，在外地有自己的世界，兩口子住一層四五百呎的房子，上班以外，看看書，寫寫稿，夫唱婦隨，羨煞旁人。

一進門就是百來呎的書房兼客廳，除了一柄長沙發和電視機，所見由天花板到地面，全是書的世界。書房的盡處是一張足以作「裁床」用的大寫字枱，亂七八糟的堆滿稿紙啦、剪報啦、書籍啦……坐在書枱後，左邊是向維多利亞公園及海峽的排窗。無論看書或是寫作，這個環境都叫人羨慕。

午言最欣賞通往飯廳的那面屏風，打開時是並排的一個書櫃的門；關上了，書房便成了個獨立世界，房子後半截的活動，絕不會影響書房內的作家。寫得太晚了，關上門，也不妨礙內廳的家人。

**1987-1-5**

# 老詩人

老詩人走進書店來，喜形於色道：「喂，你寫小説嗎？替我寫點小説。」

午言愕然問：「怎麼？你要編副刊了？」

老詩人高興地説：「不是副刊，是雜誌。」他興奮得連臉都有了光采，傴僂著的背和全白的銀髮，都飛揚起來：「一個大波士支持我，要我出一份純文學雜誌。唉，你知道攬純文學雜誌的困難，幾乎封

了賺錢門，幸好大波士不計較，他只要為推廣文化盡點力，不想賺錢……」

跟著老詩人大發牢騷，談起要在香港這個社會找一塊文化地盆的艱難：「人家找你好，你去找人家，難比登天。此所以我情願跑跑舊書攤，炒炒舊書，也不肯去看人家臉色。」

看着老詩人彎起背，陷在舊書堆裡的背影，午言默默地祝福他的純文學雜誌成功！

又見到老詩人了，還是老樣子，彎着背蹲在舊書堆裡。從背後看，只見到那疏疏落落的白髮。有好幾年沒見了，身體仍

不錯，看樣子還胖了點。唯一改變了的，是已不再見到那包書用的小布包。代替了的，是個手挽的膠袋。

老詩人是從四十年代開始寫詩的，不單寫詩，還攬翻譯，寫點雜文。然而，詩人近十多廿年來似乎都沒了詩興與文思，少有作品了。

十多年前認識詩人，是他用布包包着絕版書來賣。早期確實有些不錯的孤本，如杭約赫的《復活的土地》，如冀訪的《走夜路的人》，如鷗外鷗的《鷗外詩集》，都是詩人讓出來的好書。

漸漸的，詩人已沒什麼書好賣出了。由於叫價高，買客也漸少，真不知他怎樣生活？有一段日子不見了他，以為從此見不到他了，可是，再過一些日子，他又來了。

老詩人像一株古松。

**1987-3-3**

# 郵寄書店

　　書店之中，有一種是專做外國生意的。它們無需門市，和一般做出口的貿易公司一樣，先弄來一批貨辦，然後向外地報價，等到訂單下來，便配貨包裝，郵寄出去，等候收貨款。

　　這種書店的營業對象，多是外地的圖書館或學者，因為他們的購書量不少。尤以一些價錢極高的資料書及絕版書，均大量收進，實在是頗有可為的。間中亦有些對象是普通讀者的，則是賣些普及的流行讀物。把書賣到外地，一般是以美金作為訂價，賺書價賺匯率，利潤算是很不錯的一門生意。

　　但亦有風險：做圖書館生意的，他們一般付款都很遲，等錢「回籠」，往往得在半年以後；做私人讀者的，先寄書給

他，又怕他收到書後賴賬不寄錢；要人家先寄錢給你，則又怕你的書店無信用，經營也不容易哩。

七十年代時，國內「自閉」，世界各地均有「中國熱」，中文書的需求量甚殷，因此這些專營外地的書店亦甚蓬勃。粗略統計本港約有百餘間這種書店。當時因為國內書甚少到港，他們做的多是賣絕版舊書，價錢甚高。

後來見絕版書愈來愈少，有人發明了「翻印」之法，用小型的柯式機，印它一二百本，便刊行全球了。及至七十年代末期，國內開放，外地很多圖書館均能直接從中國、或香港的代理商買書。同時，國內出書快而多，很多舊版書、絕版書都印了出來，這些專營絕版書的書店便逐漸被取替，如今剩下來的，相信僅餘二三十家。他們之所以能夠倖存，是改變了原來的營業手法，另創新一代的「翻印」書，及搶先報「水貨」書生意。

什麼是新一代的翻印書呢？

　　首先得要説明這種翻印書，是出版了很久，超過版權法保護，而且不是本港出版註冊的出版物，所以，不是違法的。

　　即使國內這十年八年來不斷出新書、印舊書，但，還是有很多冷門的、絕版的書，尚未重印的。而一般做外地生意的書店主持人，本身都是頗有學養的，他們手上大都有些自藏的好書。以前他們會將這些好書，用小巧柯式機印一二百本來賣。但，由於現今冷門書、貴價書的銷量愈來愈少，就算印一二百本都賣不去。

　　如今採用的是「影印法」，先報了價（極高價，一般是二三十美元），得到訂貨數量，然後影印、精裝寄出。由於科技先進，這些影印書非常清晰，不是內行人，根本不知是「影印書」哩！

　　以前用小柯式機的紙版印書，成本雖然低，但會有貨尾，要找地方存貨。但「影印書」就不同，是要多少影多少，封

蝕本門兼無需存貨，乾手淨腳。

　　國內書有「水貨」主要是代理商訂貨不夠全面，工作效率慢，於是有人走空檔，從鄰近的國內市鎮，帶回來不少水貨。做外埠的書店便趁代理商還未來得及報價，搶先把書報了出去，食了「頭啖湯」。

　　寄外國的書幾乎全部都硬皮精裝的，為了迎合需求，無論影印書或水貨書，都會送去加工精裝。從事這種精裝的，通常都不會是大的釘裝房，而是小型的家庭山寨廠。

　　午言有一個專門做精裝的朋友，全家大小六七人動員開工，個個月精裝近萬本書，可見這行生意仍有得做哩！

**1987-3-15**

# 訂造的「書衣」

　　對舊書了解較淺的人，很難明白舊書精裝是什麼一回事。其實這和裝裱字畫，或修補重釘線裝書一樣，是一種翻新行動。

　　一本殘破的舊書，經過精裝加工，會變成金碧輝煌，單是外表，已經引人。這項工作，首先是檢查書的內頁是否破損，將壞的地方用透明膠紙裱好，然後用切紙機切齊書的四面邊，跟着在書脊的那面鋸坑、藏線、落膠以後，把書拿去「壓死」（壓邊，通常用切紙機即可）。

　　至於封面的外殼，則是度好原書尺寸，用膠皮作面，內加硬紙皮製成。再加鉛字粒執好書名及作者，用熨金的方法，將它們壓在書脊上。作好一切後，加上扉頁，用白膠漿將書和外殼黏在一起壓死，

即算完工。

　　一本原本像垃圾般的殘書，就變成人見人愛的漂亮硬殼書了。

　　精裝一本書，花費的工夫不少，尤以舊書，本本的大小及厚薄不同，外殼沒有一個梗度，是每本「度身訂造」的。

　　這種訂造的「書衣」，午言十五年前入書行時，是五元一本。如今則是升至十五、二十元間。不過，能夠將一本頻死的好書救回至可讀程度，花十來廿塊，還是很抵的。

玄學家林真是著名的藏書家，喜歡將私藏的舊書及愛書精裝，在書脊上還加上「林真藏書」字樣，一排排的放在架上，很有氣派。難得的是他連雜誌也精裝，連《香港文學》也一年年的分釘，加電版壓脊，比圖書館的還要「漂亮」哩！

　　後來我發現他不僅「書」精裝，居然連自己將要寫的書，也用一大疊稿紙精裝起來，然後慢慢寫。午言是不喜歡把舊書精裝的，覺得「失真」，除非書太殘，沒奈何！

**1987-3-19**

137

# 漫畫古籍

　　近月來的暢銷書中，有一本叫《漫畫莊子》。顧名思義，可以想像得到它是透過漫畫的形式去寫莊子。作者蔡志忠以為：一本文言文的古書，是很難引起一般讀者興趣的，但一本改編的漫畫書，卻大大不同了；它很容易引起讀者的興味，從而產生追讀原著的意圖。

　　《漫畫莊子》是四十開的袋裝小書，除了漫畫以外，還附有莊子的原文，漫畫內又有語體文的對話及解釋，供閱讀時互相對照。如果不是有那麼一本興味極濃的漫畫，你有想過去讀讀《莊子》嗎？

　　單從購買的讀者去看，此書已充份顯示出是老少咸宜的了。吾家小子才八歲，日日捧讀此書連續三四天竟不生厭，午言奇之，取過來讀，也愛不釋手哩！

《漫畫莊子》原是由台灣時報出版社所出的，原書叫做《莊子說》。作者蔡志忠，是台灣一個漫畫名家，就是《光頭神探》、《大醉俠》和《盜帥獨眼龍》的創造者，本港很多家報章都刊登他的連環漫畫。

　　原書是二十開度的大書，四四方方的，圖要比港版的大許多，原文和註釋就在畫旁，比港版的在另一頁要好看。雖然價錢要比港版的貴少許，原版卻可愛得多。

　　隨著《莊子說》以後，新近又來了《老子說》，同樣的可愛。據書後的介紹，跟着還會有《孔子說》、《孟子說》、《佛說》等一系列的作品，相信會繼柏楊的《資治通鑑》後，又掀起一股閱讀熱潮。

　　《老子說》剛到港，港版的《漫畫老子》迅即登場，走得慢，大概不容易買得原版了。

　　近來流行的漫畫書，除了蔡志忠的幾

本外，還有一本是鄭問的《刺客列傳》。

這本書也是台灣時報出的，十六開，一百五十餘頁，全部彩色精印，雖然內文用新聞紙，但水準相當不錯。價錢則是貴了點，賣三十幾塊，卻仍有銷路。

《刺客列傳》取材自《史記》，先有一段小小的白話文故事交待，然後是用連環圖的手法，將故事鋪陳，趣味極濃，對誘發兒童讀古書相信很有幫助。選刊的故事人物有：曹沫、專諸、聶政、荊軻、豫讓等。雖經過改寫，但距原著不遠，比諸本港電視劇的改寫，要勝得多了。

《刺客列傳》與一般連環畫最大的不同之處是：它是用水墨畫手法寫的，絕非一般通俗性的可比。唯一缺點是過度日本化了。

**1987-4-5**

# 書緣

　　我一直都認為買舊書是要講點「書緣」的。沒有緣份，眼見着都會給人家高價搶去；有緣份的，往往會自動走進眼底。

　　今天原本就沒意思去舊書店，因為一連忙了好幾天，勞累極了。想不到卻在小巴上睡着了，一覺醒來，車已過了站，來到書店附近，索性便下車看看。

　　豈料一進門，老闆就叫道：「你來得正好，有你的書哩！」

　　四五個橙盒裡，居然翻出來十餘本三十年代的新文學作品，而且有幾本還是我沒有的。其中難得的是幾本天馬書店的文學小叢書。這套文學小叢書全套十冊，五年前我在舊書店見過一次，卻叫一位同好捷足先登了，只好望書興嘆。今次雖然只

買到十冊中的七冊，也算是小小的補償，何況還有其他的哩！

好友葉積奇也是個好書緣的人，經常能買到奇書，而且我每次買到大批舊書，他很多時都是剛好來到，得以先揀。

前幾天他突然問我：「有沒有《塘西花月痕》？最近讀報，有人介紹說是好書，故事寫西環戰前歌妓的。」

《塘西花月痕》這個書是六十年代初期印的，已經很少見。他也真夠運，我那兒剛有一套，還是一兩天前才買回來的。葉積奇歡天喜地買去。

還不夠兩小時，午言接到一位小姐電話，也問同一部書，午言告知剛賣去，小姐懊惱甚，道：「早知昨日打電話給你，我找了很久啦！」沒法啦，這是無「書緣」。

**1987-6-12**

# 魚目混珠的作品

午言是個推理小說迷，坊間一見有新的推理小說譯本，總是不肯錯過。

新近來了本森村誠一的《雙線謀殺案》，是本港出版的，封面設計很不錯，一看見就喜愛，而且森村是我喜愛的作家之一，他的三部《證明》，寫人性之深刻、真實，可說是現今日本推理小說界中，無人能出其右。第一時間就偷空翻開來看。

才看了兩行，覺得很熟，掩卷一想，午言肯定是讀過的了。應該是兩年前了吧，一個朋友到海南島公幹，回來送我一本《雙曲線殺人案》，就是那本書。印象那麼深刻，是因為故事寫雙胞胎兄弟合伙犯案，計劃配合得天衣無縫，而且行文幽默風趣，可讀性甚高。其中一段，還是向

克莉斯蒂的《童謠謀殺案》偷橋的：故事中人全死了！兇手呢？

午言很喜歡《雙曲線殺人案》那個故事，記憶卻覺得似乎不是森村誠一的作品。然而這本以同一故事印成的《雙線謀殺案》，卻白紙黑字的印明：作者──森村誠一（日）。

難道是我記錯了？再仔細的翻翻這本書，發覺它沒有譯者，也無片言隻字的介紹，僅僅得內文。編得那麼粗糙，和印得精美的封面很不配合。

午言愈想，愈對這本書是森村誠一作的產生懷疑。一發狠，搖電話回家，叫孩子到書房裡找那本《雙曲線殺人案》送來書店給我。

才一會，書來了。午言的記性可一點不弱。《雙曲線殺人案》（日）西村京太郎著。張國錚譯。一九八五年一月由海南人民出版社出版，初版第一次印八萬本。

西村京太郎的作品，到了香港何以會

變成了森村誠一的呢？

午言小心核對了《雙線謀殺案》和《雙曲線殺人案》兩書，不僅肯定了是同一本書，而且，即使譯成了中文，文字竟然是百分之九十九相同。只是其中有些「兄弟倆」變成了「兩兄弟」而已。

那麼，何以作者「西村京太郎」會變成了「森村誠一」則是令人費解。

若說作品的深度，午言認森村誠一高於西村京太郎；但若果說換作者的目的，是希望暢銷，就說不過去了。根據日本作家流行榜，西村京太郎乃係第二條好漢，森村誠一只不過排行第九。

午言以書商立場說，亦認為西村的作品遠比森村的好銷。如果我要任意改作者，何不索性改「赤川次郎」好過，此君的推理書，不僅在日本賣得，本港也是頭條好漢哩！

一部作品被人改頭換面，冒人家的筆名出版，原因不外乎寫作者名氣不夠響，

希望套了別人的筆名蒙騙讀者，達暢銷的目的。

　　寫到這裡，使我想起一個以往流行的小故事：話說在某處，作家 XY 的作品大受歡迎。不管內容怎樣，只要一印上 XY 的大名，幾乎是垃圾都可以一紙風行。

　　突然的，坊間一下子湧現大批 XY 的新書。明眼人一看當然知道不對頭，但迷哥迷姐一樣照買。XY 本人當然大怒，興問罪之師。

　　出版者雙眼一瞪：「只有你才是 XY？我的筆名剛好也是 XY。你有將 XY 這個名號註冊專利，或者成立有限公司？同名同姓，好普通之事。」結果 XY 被迫登報聲明，列出自己的作品名稱，才免他人「魚目混珠」。

　　朋友是個多產作家、翻譯、創作、學術研究，樣樣皆能，十多廿年的寫作生涯，當然是著作等身了。他的作品差不多全是本港的出版社所出，在外地出版的

較少。

忽一日，午言見從某地銷港的書籍中，有一批熟口熟面，一翻之下，原來全是前面所提的那位朋友的，但作者卻全改了另一個名字。某地盜印之風實在猖獗。

搖電話告訴那位朋友，他卻處之泰然，道：「這種情形已屬司空見慣了。最有趣的一次：封面改了名，但內面作者自序中卻仍保留了我的筆名，變成封面與內文不同作者哩！他們盜印了我的書，不給版稅，我一點不激氣，起碼表示我的作品有吸引力，有銷路。最慘不知就裡的，買到兩本不同作者的同一本書，還以為我抄他的哩！」

**1987-7-3**

147

# 算死草買書

　　書店大減價，有幾大盒「大出血」貨式，丟在店門前，賣一塊錢一本。以今時今日的物價，報紙都要元半，「一蚊」都能買到一本書，是大超值。因此，捨不得花錢的愛書人，都認為是難得的機會，一蹲下去選，非得一二十本，不肯放棄。

　　這日來了個廿來歲的年輕小伙子，五短身材，衣着極普通的「夏老威」、西褲，舉止「滋油淡定」，十足書蟲般蹲在「一蚊」那幾盒書前，翻呀翻的。把幾盒書翻得像「亂葬崗」，近小時才直起身來，手執幾本書，蹣跚地爬過來：「五本！老闆，即是五蚊！」

　　午言一數，是六本。其中一份是深圳的地圖，是午言幾個月前去深圳，在酒店內花五個「大餅」買的。小伙子見午言發

現他夾在書內的地圖，立即道：「地圖舊啦，唔好計啦，送畀我！」唉，連「一蚊」都要閃閃縮縮地「騙」的大男人！

小伙子買完「一蚊」書，問我有無烹飪書。午言介紹香港電視出的非常精美的一套，印刷十分漂亮的靚書。小伙子先看書後的價錢，立即睜大眼、張開嘴，不能言語。嚇得午言以為他有什麼暗病突發，正想搖電話報警，幸好驚魂未定之際，他已發出人之語：「嘩！有無搞錯，一本書要賣三十！」

午言沒答腔。即使書那麼「貴」，小伙子還是愛不釋手，看完又看。後來又走到我們放烹飪書的那排架前，一本本的拿下來，拆開封書的膠袋，就像在圖書館裡研究專門課題的，東翻翻西看看，老老實實的下起苦功來作比較研究。

兩小時後──即使坐，也該屁股麻痺了吧！可小伙子也真夠腳骨力，還站在那裡。小夥計悄悄對午言說：「佢想學黃

蓉，背熟咗唔使買！」

最後，小伙子過來借電話。午言本無心偷聽，但電話就在我身邊，距離不夠兩呎，他又大聲，聲浪是自動湧進耳朵去。

原來他打電話給阿媽。報告他已走了很多間書店，以這間的書最便宜，買齊一套烹飪書要二百幾，問託買書的人寄了多少錢回來。

他放下了電話，口中唸唸有詞：「五十蚊加幣……五十蚊加幣……即是二百幾？五五二十五……」一面喃喃自語，一面用手指在書面計算着加幣兌港幣和書的折扣率。

然後苦着口臉的走過來央求：「老闆，你算平啲得唔得，買咁多，二百幾蚊㗎，返去阿媽鬧死我……」

「有無搞錯，」午言心道：「廿幾卅歲人，買二百零蚊書，驚阿媽鬧！」午言開書店十五年，未見過此種奇人！

午言是捱過窮日子的，或許小伙子家

庭環境很糟，二百元已是個天文數字，我只好向他解釋：「喂，你已經行咗好多間書店？無一間有我咁平！我話你知，我每本書不過賺你幾毫子，十本書賺幾蚊，啱啱夠膠袋錢，同照住你睇咗幾個鐘頭啲電費咋！仲未計舖租人工！」

小伙子沒奈何，點點頭：「好，我買！」他邊說邊從「夏老威」的領口伸手進去，忽地變出一口扣針來，然後又伸手到左胸上衣口袋掏出一疊鈔票來。

這回輪到午言目瞪口呆了，以為他是個窮書生，連一蚊都想呃我，老天，那疊鈔票足足四五吋厚，紅的、綠的、一紮紮共十幾疊，粗略估計近萬元之多。午言贈他一句：「你咁多錢，買咗乜，阿媽都唔知。阿媽唔要，留畀老婆都啱用！」他答：「我無老婆！」午言心道：「啲數計到咁絕，有人肯嫁你至奇！」

**1987-7-19**

# 文化交流

　　幾個醉書客秦賢次、吳興文、蔡登山
等從台灣來，甫下機，到酒店丟下行李，
立即跟午言約定要來。

　　書店才開門，五條大漢殺到，樓上
樓下各踞一角，把頭埋進書堆裡去。把書
從架上抽下來，插回去；抽下來，插回
去⋯⋯，累啦，眼花啦，到洗手間去轉
一圈再回來。

　　如此忙碌了三小時。港版書、國內

書、舊書……最多的那個，買足兩橙盒滿；最少的那位，亦盛滿兩膠袋，無法提起。

「國內書也可以寄台灣？」有人奇問。其實也不是沒法，即如台灣書一樣可以寄到大陸去，方法是麻煩了一點。

有人遞給我一張台灣某出版社的書目。嘩，國內書不單可到台灣，而且很多重排翻印出來了。台灣翻香港大陸書，香港、大陸翻台灣書，翻個不亦樂乎。

此「文化交流」也！

**1987-8-19**

# 專偷圖書館書

　　新近有段新聞頗引起午言的興趣，說是有對兄弟，有到圖書館去偷書的怪癖。所謂「上得山多終遇虎」，結果失手被擒，從他們家中起出各類型的書籍逾千本，均是出自圖書館的。

　　這對兄弟的行徑，可謂怪異到極點。若他們視書籍為商品，偷來生財，則對象不應是圖書館，該是書店；若說他們是

愛讀書的「雅賊」，也不該是，因為愛書人讀書總有個範圍，不似他們的樣樣書都有。

況且，偷書的雅賊一般都有讀書的習慣，偷來「讀」的書，有三兩百本，已經很驚人，逾千本，如何讀得了。最怪異的，還是他們何以偏以圖書館作下手的對象？到圖書館去偷書是偷，到書店去偷，同樣是偷，若說危險程度，該是相等的。圖畫館的書，偷了，只可陳列而不能賣。將偷書的理由減到最少，卻還有一個──心理問題。

**1987-9-12**

# 《中國古艷稀品叢刊》

　　新近有一套台版書運港，貴得驚人！

　　這套《中國古艷稀品叢刊》，共分五輯，其實不過二十二冊，全套精裝，每本三四百頁厚，用紙盒盒起來，不過半個蘋果盒大小，你道要賣多少？3890 港幣，而且，折扣不比尋常，僅賣九折。

　　午言訂了十套，起先是因為慕名，又見是五輯，以為會是很大套書，到收了貨，始知貴甚，擔心賣不出去，及至翻了翻書，見真是全部精品，有很多都是難得一見的版本，手抄的、石印的亦不少，才定下心來。書一到，立刻搖電話給幾個好研究這一門的讀者，人人均盡快趕到，先睹為快。十套書一下子銷了過半，看來得趕訂第二批貨了。

　　二十二冊書，竟包括了四十幾種絕少

見的古艷書籍，如《浪史奇觀》、《濃情快史》等。

這套《中國古艷稀品叢刊》，可以說是現今最大套的「古本性文學」。相信編者必經過多年的搜集，始能如此齊備。隨意翻翻，已發現有些得自輾轉的私藏；部份在行距間註有日文，顯然得自東洋；更有借用自「哈佛」圖書館者，實屬可貴。

這套叢書所收的寫作類型很廣，以孤本小說為主，但亦有趣味小品，如《思無邪小記》、《禦睡錄》等；詩歌形式的《美人詩》、《白雪遺音續選》；山歌類的《山歌》和《夾竹桃》；甚至連《媚藥考》等，壯陽藥類的亦備，可謂洋洋大觀。

至於作品的年代，則由清直朔漢代。中國之古本性文學尚不止此，但能見的，差不多收齊。太大套的，如《金瓶梅》、《三言兩拍》等，則採摘錄方式，全部精選。

**1987-9-29**

# 一份送的雜誌

　　午言在小書店裡埋頭寫稿，突然進來兩個小青年，遞給我一份雜誌，期期艾艾的說：「這是我們出的一份雜誌，是免費贈送的，是否可以放在這裡讓人取閱？」

　　午言問是什麼性質的？想不到居然是文藝性的，便欣然接下。一向贈閱的雜

誌，不是宗教性的，就是社會性的，文藝性的可以説是鳳毛麟角，少之又少。

　一份大十六開雜誌，三十餘頁，是純文藝的，以散文和詩為主，亦有小部份書評之類。難得的是已經出版了十一期，細看內容似乎不受什麼團體的支持，大概是一班文藝發燒友合辦的。

　一份這樣的雜誌，成本起碼在五元以上，印來「送」，如果對文藝沒有一種奉獻之心，是出不來的。

**1987-10-10**

# 書店的怪客

　　在書店內看舖日子愈久，愈會發覺人類行為之怪異，超乎閣下想像力之外。

　　譬如身懷巨款的偷書賊；走進書店內拿起書就簽名，據為己有的狂徒；拉開褲拉鍊，從底褲內掏出錢來的老人家；邊打書釘邊手舞足蹈的書迷；每週逛書店四五次，五年來未買過一本書的孤寒鬼……都是午言親眼目睹的，算是見怪不怪的了。

　　此日午言在書店內看舖，忽地進來一位小姐。引起午言注意的是伊手上已帶著幾本書，因恐妨她會把書搞亂了，開始留意她。只見她進來不是看架上的書，也不是買書，倒是提了店內一張摺櫈，擺在某書架前坐下，打開自己帶來的書，大模大樣地讀起來。起先店內沒什麼顧客，而且

想像她一定逛書店逛累了，或許只休息一會，也就沒理她。

半小時後，已是放工時間，書店內人頗多，已有擠迫感，可那位小姐依然怡然自得地坐在那裡，讀着自己帶來的書。有顧客走過，無意碰到她，伊抬起頭來瞪人家一跟，還故意拉拉摺櫈，擋着別人要看的書架。

有冇搞錯！午言心道：這裡是書店，可不是圖書館，也非閣下的私人書房。

午言終於忍不住，對她說：「小姐，妳橫豎看自己的書，何不回家看！」伊才悻悻然站起來，揚長而去。

又一次，也是在下午，差不多同樣的時間，進來了另一位小姐，一面看書，一面一把眼淚一把鼻涕，起先是低聲飲泣，後來則索性嚎啕大哭起來。

慘啦，午言手足無措，店內店外圍觀者不知怎樣想呢！

**1988-3-26**

# 後記

## 從《香港小事》到《稿匠生涯原是夢》

　　一九八一年末，我在灣仔的書店因租約到期，被迫結束營業，多年的心血就以廉價賣給收買佬，用兩輛大貨車運走了。劉以鬯先生對我說：「不開書店，該沒那麼忙了吧，替我寫個專欄？」

　　於是我用午言做筆名，在《快報》的「快趣」版每天寫三百多字的《香港小事》，以趣味為主，寫社會的百態。那年代因我兼職多，生活面廣闊，經常接觸到社會各階層，內容自然豐富多采。真想不到自己居然有韌力，一寫就寫到一九八八年四月十六日，劉先生離職全力編《香港文學》，我亦因事忙，意興闌珊而擱筆，在此得再一次感謝劉先生給我磨筆的機會。

《香港小事》每天三百多字見報，原則上是每天一個題目，但有時會談不完便連談數天，如今便連結一起變成長文，方便閱讀。

　　我剪貼的《香港小事》原稿，原本貼滿了四本硬皮單行簿，可惜多年前拿去影印時，失去了第一本，此所以我記不起是何時開始的，第二本一開始是一九八二年十月一日，前面應該失去了一兩百篇。

　　去年初文出版社老闆黎漢傑派人到大學圖書館微型菲林館，替我把前面的《香港小事》複印出來，才知道首篇是發表於一九八二年一月二十三日的。

　　那年代我住在九龍洗衣街伊麗沙伯中學對面的十一樓，從書枱上的窗子望出去，可以直穿到九龍城去，視野廣闊，靈感似泉湧，三百多字連標題，差不多填滿一張原稿子，下筆總可以一下子就寫幾段，當年沒有傳真機，更不會有電腦，爬完了枱子，匆匆入信封，寫地址，貼郵票

寄到鰂魚涌去。

後來我搬到港島天后去，在商場重開書店，《香港小事》就在一面看鋪一面爬格子進行，填滿了若干段，即請老妻代為看店，把稿子摺到褲袋，匆匆忙忙的趕去搭電車……那段日子飄得太遠了，是四十年前的舊事哩！

既是四十年前的舊事，就不叫《香港小事》，改稱為《香港老故事》了。

整理《香港老故事》之時，黎漢傑說想把這些故事出書，我從中選了五十餘篇，都是和書及書店顧客有關的組合一起，深感爬格子生涯數十年之甘苦，乃人生酣夢一場，故名之曰《稿匠生涯原是夢》。

重讀這批舊稿，深感遺憾的是再無法找到當年沒留下的書影，有興趣的讀者得自己到圖書館去搜尋了！

——二〇二三年五月四日

## 忙到抽筋

香港小事　許

國內新書準時每週兩次送到書店，跑慣書店的愛書人，對新書何時抵埗把握得很準確，送貨工人才把大包書放下，欲先睹為快的人客早已聚集了。

買書的常客中有位執業西醫，一向都是極準時，書到人到的，可是自入夏以來，不單沒以前的準時，而且次數亦減少了，變成每週一次，有時十天半月才見人。問之，答曰：「今年天氣特別熱，病人多了很多，忙到抽筋，書都沒時間看，那有時間跑書店，如今我是做到一頭煙，丟到病人出來吸新鮮空氣，使腦袋換換畫。」

想想也有道理，這麼熱的日子，走在街上身水身汗，誰不想躲進冰凍的餐廳酒樓裡，冷空氣侵身，打兩個冷顫就「領嘢」，難怪醫務所排長龍了。

## 我愛即製食品

香港小事

午言愛食即製食物，直覺上認為即製食物要較已製定的食品好吃得多。而事實上，即製食物除了它本身誘人的刺激，確實也引起它的香氣，我就沒有什麼興趣要去醫街邊的炸魚與豆腐，再加上，聞到了它的香氣，熱騰騰街頭的蘿蔔牛腩在那裡，它們強出來了。又如麵包店的西餅麵包，整整齊齊的擺在那裡，老遠就食神就目自然然鑽出來了。

櫃裡，任它怎樣美麗我觀賞，讀許一句師傅難似出售的誘人的香氣；然而經過的店舖經閉出售的店舖方型鐵盆裡麵包那那幾個自製在店前的方型鐵盆裡——他，一個個一個想，在心裡還是想那吃不下那幾個試試。可是便會消失一盆的便後悔剛才的誘吃得太飽了。
（午言）

## 即製即賣曲奇

香港小事

銅鑼灣鬧市有一間新開的餅店，規模很小，賺眼着進去，店舖的面積不過二百三百，外店有十個八個地方購物位，內呎店和外店，它的櫃枱分開一點是香的。他們曲奇即製即賣即賣的，是新鮮曲奇；最特出的一點早就聞到那種混但有牛油味的曲奇那種出奇的一餅——香氣」。曲奇有四五種，以朱古力為主，配以花生、合桃的、果仁的等，其中尤以果仁的最為香脆賣四十元一磅，也不算便宜卻是特出的一點。

色；那是一個小型的紙袋內不過袋可能裝着它極的具有香味紙袋時用以小型的紙袋裡袋口有紙說——曲奇十個一紙鮮一餅三天也沒用色，保着——三天個，隨即用這不夠兩隻，盛咸奇不夠兩隻，盛小東西食兩日。（午言）

《香港小事》發表時式樣

## 搭的士過海晚飯

還居香港以後，令我最懷念旺角的，是奶路臣街的書店和弼街的書店，大概每個月總有一次在這吃得滿，全家人長途跋沙的回旺角去，是專程去那間飯店晚飯。這店子很經濟，一般菜式是二十塊左右，又不加一，就算食海鮮，一家子也吃不了二百，搭的士來回都抵。但總覺得隔着海，希望在這邊也尋一間滿意的。

黃昏我們先到公園去，散步穿過公園，去到聖保祿附近，最初以為店子在永安，幾經辛苦，先到那面的安樂園，再經華美的那間，店面已令我失望；沒有盛放海鮮的魚缸，一門進去，伙計們閒進去，我看看腕錶，已經七點，十張八張枱，才一張有人客在吃飯。

（午言）

## 三十年代的飯店

我們才坐下，女兒指餐間「媽咪，點解呢度好似三十年代嘅D飯店咁?」我們都笑起來。我還顧四周，確實有懷舊氣氛；那是樓底高，二三十呎高，面漆成墨綠；兩扇磨砂玻璃的窗，一拉立即叮叮噹噹作響。裝修是三十年前的那種，地下是石米地，那掛在牆壁的鐘，白衫黑褲，仍保存着戰後…三十年前…

店子裝修也算不錯，前道菜相當不錯。店子很快放上去，一盤五六十元，遊客計三名日本來計立即…心中想定的合算…打開菜牌，點幾種特別菜，一心等食。這時男子帶了三名西裝…「×先生，位…」男子搖搖…

「一只有…頭說…「有辦法嗎？」「我哋六位，「D一張，我哋，其他取…四人枱計。」伙計又…说。一看樣子訂得很認真。

（午言）

## 如生的「麵包狗」

最近自助式包餅店愈開愈多，除了在營業手法上各出奇謀爭取顧客，質素也在力謀改善，歐式更是五花八門的。

其中一些餅包，更自創一些巨型麵包，放在櫥窗裡作招牌貨而不賣，這種招牌作為招徠顧客，多是動物外形，有八爪魚的，金魚的……都是平面的，製工不精，僅略具外形而已。這種巨型麵包，想像不會很好吃，送給孩子作生日會用倒還不錯。

此日乘小巴經過西營盤，大同酒家附近亦有間包餅店，驟眼看過去，見櫥窗頂上排了十隻八隻玩具牧羊犬，三磅包大小，色澤調和以外，雕工且甚精細，套句成語是一個「栩栩如生」。正想着可以包餅店竟賣起玩具來」。卻看到每隻小狗均以瑠玻紙具果，才驚覺到那該是麵包。想不車去看時，小巴已進禁區了。

## 抵食的早餐

我一直以為只有那間「梗有一間喺左近」是二十四小時服務的，豈料今早走進另一間食肆，居然也是廿四小時營業的。這是間有很多分店的粥麵店，前些時候會推出過下午二時至五時的三元半雲吞麵，頗有點名氣。

今天是清晨六點多去的，當然沒有了那種廉價雲吞麵，卻注意到它的特別早餐。早餐分兩種：甲種是白粥十鹹蛋十菜脯十豆腐乾，才三元九，是四蚊有找；乙種是肉丸粥或皮蛋瘦肉粥十腸粉，也不過五元九。一碗請了「師傅」的白粥，半隻鹹蛋，四五片豆腐乾，十粒八粒菜脯，亦可算是不錯的早點。一杯奶茶的價錢，抵食到極。廿四小時營業靠兩個伙記，一個廚房，另一個是樓面兼收銀，慳水慳力，大抵可以維持得住皮。

## 見過鬼都怕黑

雖然嚇我，但此位年輕醫生仍然很客氣，再過了一會，來了一位年上又有三十來歲的醫生，未說話先皺眉，說：「冇事。我俾D藥你清潄口腔，潄完了，再覆診。」

午言最怕有骨插在喉上，單是受傷很快會好。到第二天黃昏，事隔二十小時，午言仍覺得痛，伸手去摸，硬是覺得像有骨插在舌面裡，於是，去看了私家醫生。

醫生詳細檢查後，說：「舌面近喉處有個好長裂口，足有一厘米長，睇唔好似係俾D七喱鋼開咧口。三幾月啦！」確定沒有骨插在舌面上，安心了許多，雖然執筆時，仍隱隱作痛，看來很快就會好了。但今年，我得妥習慣「慢慢自在食」了，見過鬼都怕黑也。

（午言）

香港小事

## 說「急症室」

讀起急症室，午言覺得是進步良多了。不僅態度方面好轉，就是時間上也真能做到名副其實的「急」了。頂多十來分鐘即便輪到。二十年前，午言曾陪過一個少年朋友到急症室去，他是叫飛仔打傷的，晚上八點多到，卻輪到第二天早上七點多才到他驗傷，如果有事，早就報到西方了。

和朋友談起急症室之進步，另有意見，誤吞了東西，鯁在喉中，遊戲中，……

送到急症室去，眼見孩子呼吸已甚困難，面都轉了色，要求先看，卻未被接納。我怕時間不夠了，立即轉私家醫院。醫生拙出半個二元大餅，說是再遲十分八分鐘便救了。真牙煙。

「我覺得」，急症室不一定要輪着看，應視乎病情的嚴重性來決定的。那次還好是我當機立斷，恐怕……（午言）

香港小事

## 純粹「偷懶」者

「或者他真有精神病。」有人說。

「我懷疑他『虐待狂』就真。」A說：「這還不算恐怖，最多大家做份半工。最怕是不知什麼時候，他會真認為我們想毒死他，來一招『先下手為強』，我就死俾你睇矣！」

B說：「我們的部門也有個這樣的傢伙。幸好沒有侵犯性，也不涉及『人命』，他純粹是偷懶。」

一陣哈哈過後，人人轉向他，B繼續說：「你知道我們是朝九晚五的上班族，人人八點幾就囘來了，你知道那傢伙什麼時間才來上班？每日十一點左右，他才囘來。弄得滿身大汗的，把西裝搭在膊頭上，氣喘喘的衝進來，一副『我終於囘來了』的錯愕相，起先大家不知他弄什麼玄虛，問他何事遲到……」

香港小事　許